DU MÊME AUTEUR

SANS ELLE, *roman*, Mercure de France, 2008 (Folio nº 5022)

ILS L'ONT LAISSÉE LÀ, *roman*, Mercure de France, 2009

TANT QUE TU ES HEUREUSE, *roman*, Mercure de France, 2010

MOI, J'AIME PAS COMME JE SUIS, *album*, ill. Amélie Graux, Albin Michel Jeunesse, 2011

C'EST POUR TON BIEN, *roman*, Mercure de France, 2012

LOLO, *roman*, Plon, 2013

J'AURAIS DÛ APPORTER DES FLEURS

Alma Brami

J'AURAIS DÛ APPORTER DES FLEURS

ROMAN

MERCVRE DE FRANCE

Pour mes amis Artus de Penguern
et Laurent Félix Goldztejn, toujours.

« Quand je dis que la vie c'est un mouchoir de poche, hein chérie, je l'ai pas vu depuis mille ans, je parle de lui hier après les infos, la boîte qui ferme, tout le monde viré, et hop on le rencontre ! Si c'est pas fou ça, hein chérie ? C'est moche ce qu'ils te font, mon Gérault, quinze ans à les servir pour finir sur le trottoir une main devant une main derrière, y a pas de mystère, toujours les mêmes qui trinquent ! Tu vas rebondir, mon Gérault, cinquante ans ou pas, moi j'ai confiance ! Viens dîner à la maison, on parlera de tout ça, ma femme fera sa blanquette, hein chérie ? »

Si Heinchérie fait sa blanquette…

Tape sur l'épaule, tape dans le dos, « viens ce soir, faut battre le fer tant qu'il est chaud, hein chérie ? »

Heinchérie acquiesce.

Itinéraire griffonné sur une carte de visite aux lettres argentées en relief, « boulangerie deuxième à droite après le rond-point tu crois que c'est une impasse mais non au bout à gauche l'immeuble avec les briques rouges y a un escalier sinon tu peux passer par le parking, hein chérie ? »

Heinchérie acquiesce.

« On t'attend à 20 heures, Gérault, on va te remonter le moral, ça on sait faire, hein chérie ? »

Accolade, tape sur l'épaule, tape dans le dos. Heinchérie me tend la main, « oh on peut bien se faire la bise ! » Elle me fait la bise.

Ils disparaissent, grenouillant dans leur bla-bla. Ils ne sont bientôt plus dans mon champ de vision. Jean-Yves-la-bonhomie-essorage-rapide-tous-textiles, pire qu'un licenciement.

« N'apporte rien, Gérault, on a tout ! » Toujours cette générosité qui écrase. Ben tiens, c'est vrai, qu'est-ce que je pourrais bien leur apporter, moi, dans leur foyer parfait ! Une pauvre bouteille de pinard ? Qui sera bu le nez bouché avant d'entamer les grands crus de leur cave à vin personnelle. Des fleurs ? Qui se retrouveront dans l'évier, humiliées par tous les bouquets qui, eux, auront eu le privilège de trôner dans des vases. Un gâteau ? Forcément moins chic que le traiteur à la mode qui leur aura fait livrer la fameuse farandole de desserts automne / hiver.

Mieux vaut des mains vides et l'honneur sauf, qu'un « oh, mais fallait pas » qui accable. Fallait pas, vraiment pas, tu nous déranges avec ton cadeau minable, remporte-le.

Je viendrai avec rien. Rien et mon manteau, ôté à la hâte pour qu'on ne fasse pas cas de lui, il se tiendra penaud entre les fourrures rococo de madame et les pardessus italiens de monsieur et malgré tout, peut-être qu'ils auront droit à mon sourire, peut-être, si je suis grand seigneur.

Et si je dois quitter mes chaussures pour des patins, afin de ne pas souiller leur parquet, avec ma dégaine de pouilleux, je mords ! Et qu'ils ne viennent pas me détailler des pieds à la tête ou m'extraire les vers du nez avec des questions impudiques ! Et si Jean-Yves-la-bonhomie me retape dans le dos et m'appelle mon Gérault, j'embroche Heinchérie et j'en fais une blanquette. Sur ces bonnes paroles, bonjour !

Jean-Yves ouvre la porte « t'as trouvé facilement ? Ça va ? Pas pris la pluie ? Entre, mon Gérault, mets-toi au chaud. Chérie ? Gérault est arrivé. Tu peux poser tes affaires où tu veux, fais comme chez toi. »

Jean-Yves est en chaussettes sur la moquette épaisse, « tu veux boire quoi, mon Gérault ? » Il se dirige quelque part, je le suis. Il me laisse dans le salon, Heinchérie est à demi allongée sur le canapé, elle se lève enveloppée dans un plaid « vous avez trouvé facilement ? Pas pris la pluie ? Asseyez-vous, faites comme chez vous ! On peut peut-être se tutoyer non ? Mon mari est tellement heureux d'être tombé sur vous tout à l'heure, il m'a raconté plein de choses, j'ai l'impression de vous connaître déjà ! » Heinchérie est pieds nus, ongles couleurs cerise mûre. Ça a l'air bien d'être ses pieds. Tu veux faire quoi plus tard, mon garçon ? Moi, m'dame, j'veux être les pieds de Heinchérie, c'est tout, rien d'plus, ils ont l'air heureux.

« Ne regardez pas, il est tout écaillé », elle sautille d'un pied sur l'autre et glousse comme une petite fille. Heinchérie semble aussi moelleuse que la moquette.

« Je m'appelle Greta », elle me dévisage, elle attend sûrement que je lui dise que c'est beau, je ne trouve pas ça beau. Elle attend que je lui dise que ça lui va bien, mais ça ne lui va pas. Elle aurait mieux fait de s'appeler Madeleine, Chantal, un prénom qui a du corps, qui circule dans la bouche, qu'on peut croquer. Son parfum sent la tulipe.

J'aurais dû apporter des fleurs.

Un vase vide me nargue sur la cheminée, mes mains goujates me font honte. Jean-Yves revient, il n'attend pas d'être dans le salon pour parler. Du couloir, il prend la place « on n'est pas trop alcool, mais si tu veux, je peux te trouver ça !

— Un jus d'orange sera parfait merci », je dis.

J'aurais dû apporter du vin.

Heinchérie va chercher son thermos « je ne bois que du thé vert moi ! », elle glousse encore. Jean-Yves la laisse s'éloigner et murmure « on a cru qu'elle allait y passer, mon Gérault, depuis je la dorlote, moi, sans elle, je… » Heinchérie revient, c'est vrai que son vernis est complètement écaillé, elle semble moins moelleuse, juste grosse, gonflée de cortisone un truc comme ça.

Il aurait pu m'épargner, je m'en fous moi. C'est passé, c'est passé, pas envie d'être triste. Heinchérie me plaisait bien, il a tout gâché. Et puis ce soir, ils devaient me remonter le moral, c'est ce qui était prévu, mais un licenciement contre une maladie, ça ne vaut rien. Encore une soirée ratée. Je plonge dans mon verre. Greta et Jean-Yves dans leur Royaume, c'est de l'acide, leur amour me défigure.

Je n'aurais pas dû venir.

Continue de boire du jus d'orange, ne reprends pas ton souffle, je te ressers ? Oui ressers-moi. Encore ? Oui encore.

« Alors, Gérault, à part aimer le jus d'orange, qu'est-ce que tu aimes dans la vie ? Y a une Mme Gérault dans les parages ? » Ils me scrutent, l'un contre l'autre sur le canapé. Pourquoi j'ai choisi le fauteuil, pourquoi je fais toujours les mauvais choix. Ils attendent ma réponse. Je n'aime pas mentir. « C'est compliqué », je dis. Bien joué, bonne formule qui ne signifie rien, trop opaque pour qu'on s'y aventure !

« Compliqué ? Ah bon ? Pourquoi ? » Pas assez opaque pour Heinchérie apparemment, pas peur de s'aventurer elle. Elle plante ses crocs dans ma jambe, elle ne me lâchera que quand je lui aurai lancé un os. « Elle est très curieuse, ma femme, – sourit Jean-Yves –, j'espère que ça ne te gêne pas, mon Gérault ! » Évidemment que ça me gêne j'ai envie d'gueuler. Je dis « non pas du tout », et j'émets un petit rire pour être raccord avec les gloussements incessants de Heinchérie.

Le fauteuil est trop haut, mes pieds cherchent le sol. Mes chevilles s'étirent tant qu'elles peuvent, les chaussettes en accordéon ne font aucun effort. C'est mon ventre ça ? La masse posée sur mes cuisses ?

« On passe à table, hein chérie ? Les langues se délieront mieux le ventre plein ! » Mon ventre attire à ce point l'attention ? J'essaye de le rentrer de toutes mes forces, de le coincer derrière la ceinture, je deviens un B, j'ai deux ventres, et toujours pas de Mme Gérault à l'horizon. Cette chemise colle à ma peau comme un rideau de douche, la sueur a organisé une joyeuse ronde sous mes aisselles.

Je n'aurais pas dû venir.

L'arrière-goût de jus d'orange nappe ma langue, ne me faites plus parler, laissez-moi partir.

Heinchérie donne des indications à son mari qui s'affaire dans la cuisine, plus bas, plus haut, dans le tiroir du petit meuble, non ça c'est le couteau à pain, Chou.

Je n'aurais pas dû venir.

La salle à manger est immense, hauteur de plafond indécente. Il y a du soleil dans la pièce, même la nuit. La table est magistrale, le dîner va durer longtemps, trois assiettes différentes par personne, trois jeux de couverts, porcelaine blanche, verres sans calcaire. Encore des gens que je n'inviterai pas chez moi. Une boîte à chaussures ? Comme c'est charmant, comme c'est coquet ! Très dépaysant, presque exotique ! Et vous mangez où ? Sur le canapé ? Formidable et pratique, pas de table à débarrasser ! Une seule fenêtre ? Formidable et pratique, pas de vis-à-vis !

« On est tellement contents que tu sois là, Gérault – Jean-Yves est de retour –, pour moi, le collège c'est toi, les souvenirs c'est toi, tu t'rappelles Mme Flantry, mais si ! Mme Flantry, et Rose, et Sophie, quelle rigolade ! » Jean-Yves rigole tout seul, je n'arrive pas à faire semblant. Il rentre un petit coin de torchon dans l'encolure de son pull. « Greta dit que je mange comme un porc !

— Comme un bébé, rétorque Heinchérie, comme un bébé.

— C'est pareil ! » il répond hilare.

J'aurais dû être Jean-Yves. Pas d'auréoles sous les bras. Un pull trop grand, trop lourd, trop vieux, Jean-Yves a trouvé sa place dedans, il est le plus beau du monde pour Heinchérie, pourquoi il s'inquiéterait.

« Tu sais à quoi je pense, mon Gérault ? Mon neveu cherche quelqu'un pour son magasin. Je dis ça comme ça, tu vois, le temps que tu trouves autre chose. » Heinchérie s'occupe des carottes râpées aux zestes de citron vert, pétales de gingembre et graines de courge.

Neveu... Réduit à être au service d'un patron qui a la moitié de mon âge. Vie de chien.

« Je te le présente, ça n'engage à rien, c'est un gosse sympa, tu verras, on misait pas un kopek sur lui, on a eu tort ! » Heinchérie s'informe « la salade te plaît, c'est assez assaisonné, je sais bien qu'il manque du sel, il manque toujours du sel, ne te gêne pas avec moi, tu peux ajouter des baies rouges et du piment de Cayenne ».

Les carottes ne passent pas, elles font escale sur ma langue avec le reste du jus d'orange. Je déteste les serviettes en tissu, la chaleur douce qui m'ensommeille et leurs voix qui me triturent.

Je n'aurais pas dû venir.

Greta et Jean-Yves se suffisent à eux-mêmes, ils ne s'ennuient jamais, c'est ce qu'ils n'arrêtent pas d'asséner, « on ne s'ennuie jamais », et l'autre de redonder « ja-mais ». Ils se sont connus y a vingt ans, ils ont mis quatre ans à s'apercevoir qu'ils étaient faits l'un pour l'autre, ils ont fini par le comprendre et ne se sont plus quittés. Je les félicite, m'exclame, m'émeus, quelle réussite, quelle belle réussite.

Je n'aurais pas dû venir.

Heinchérie est très tactile, elle me touche quand elle parle, appuie sa main sur mon avant-bras, elle me ramène à elle, à eux, je suis bien obligé d'écouter. Ils sont gentils, tellement gentils. Qu'est-ce que vous voulez faire plus tard ? Moi, m'dame, être le chien de Greta et Jean-Yves, avec une gamelle toujours pleine, le droit de monter sur le canapé du salon, et de dormir entre eux dans le lit. J'aurai un beau collier avec l'adresse et mon petit nom dessus au cas où je me perds.

« Vous n'avez pas d'enfants ? » Je porte l'estocade pour me délivrer. Je répète, « vous n'avez pas d'enfants ? » Jean-Yves répond « c'est compliqué… » Ahah, je ne laisse rien passer, les méthodes de fuites, je les connais !

« C'est compliqué ? Ah bon ? Pourquoi ? » J'aimerais même ajouter, je suis curieux, ça ne vous gêne pas ? Mais Heinchérie s'est déjà retranchée dans la cuisine pour apporter la blanquette, Jean-Yves creuse une tombe dans son assiette de carottes marronnasses. Un partout. La balle au centre. L'image de leur bonheur se craquelle. Je respire.

« Ta blanquette a l'air délicieuse, j'ai une faim de loup », je vais mener la danse, attendez-vous au pire ! Leur amour n'est plus acide, les éclaboussures ne me brûlent plus.

« J'appelle mon neveu alors ? » Jean-Yves brise le sortilège. Heinchérie saute sur l'occasion « oui appelle-le, il peut venir maintenant, c'est comme il veut, il est à deux pas, maintenant s'il veut».

Je vais me retrouver en face d'un jeune con qui fera ma pluie et mon beau temps. Ma sueur reprend sa joyeuse ronde, mon cœur se serre de nouveau. Vie de chien.

Un jeune con, c'est ça. Blondinet arrogant que je n'aurais pas embauché même sous la torture.

« Gérault Dimitri Dimitri Gérault. »

Il paraît que j'ai un prénom aussi. Peu importe. Gérault, ça fera très bien l'affaire. Le jeune con envoie valser sa veste cintrée et son col roulé anthracite sur la table, à la bonne franquette, les amis ! Il se sert à boire sans proposer, mouline ses mains pour un oui pour un non, je vais m'en prendre une à force. Il se lance dans une anecdote extraordinaire qui vient de lui arriver, « incroyaaable, formidaaable ». Jean-Yves et Greta sont subjugués. Je ne connais pas les gens dont ils parlent, je ne comprends rien de son anecdote extraordinaire. Qui a dit que je suis là de toute façon, à part le morceau de blanquette qui nage dans son gras, tout le monde m'a oublié. Qu'on ne me demande pas mon avis, surtout, je n'ai rien à dire ! Maintenant ils parlent d'un film, je ne l'ai pas vu, ils citent même les acteurs, je ne les connais pas non plus. Banc de touche, Gérault, tu rentreras sur le terrain après le match, quand les joueurs prendront leur douche !

«Ah oui… J'ai vu aux infos… les ouvriers virés… Bah on va pas pleurer, ils avaient qu'à être patron!» Jean-Yves se racle la gorge pour que son jeune con de neveu se la ferme en beauté «justement Gérault est dans la merde, tu cherches pas quelqu'un pour l'épicerie?» Merci pour ta finesse, Jean-Yves, je n'en attendais pas moins de toi!

Le jeune con souffle sur sa mèche devant les yeux, ça fait tilt, il semble se souvenir que j'existe, y a quelqu'un à côté de lui, comme c'est étrange! le temps de dire «ah ouais tu fais partie du lot? – et il réattaque la blanquette –, super bon Tata, comme d'hab!» Greta glousse, je vais finir par avouer à Jean-Yves qu'il n'a pas épousé une femme, mais un dindon. «Et après y a des fruits, mais on a des bons macarons grâce à Dimitri, je fais une infusion?»

J'aurais dû apporter un dessert.

«Attends, Tata, je t'aide.» Jeune con éduqué.

J'aurais dû me lever.

Mon pantalon poche aux genoux, ça va se voir, mon ventre est redevenu un D, la ceinture est cachée en dessous. Marre de cette mascarade.

Je n'aurais pas dû venir.

«T'es libre quand, Gérault? Je te montre tout demain, ça te va?» Jeune con debout près de la table, blanquette dans les mains.

«C'est sympa, Dimitri, dit Jean-Yves, tu lui enlèves une sacrée épine du pied!» Je vais l'empaler avec son épine, celui-là, ça va être vite réglé! Non demain je n'peux pas. Je n'ai pas de femme, pas de famille, pas de boulot, mais je n'peux pas, c'est tout.

« Je t'attends à 9 h 30 et sois pas en retard, j'ai un rendez-vous juste après. » Mais comment il me parle, non, mais comment il me parle, je pourrais être son père.

« Bien sûr, je réponds la queue basse, merci. » J'ajoute en prime un sourire reconnaissant. Clouez mes paumes sur la croix, faites, faites, je tendrai l'autre joue.

« Trinquons à cette bonne nouvelle ! » Heinchérie se réjouit avec son infusion merisier sucre de rose.

« Prends un macaron, mon Gérault, remplis-toi de force pour demain ! » Jean-Yves m'assène le dernier coup. Mission accomplie, la tombe qu'il creusait dans son assiette marronnasse, c'était pour moi.

« On passe au salon ? On sera mieux ! » Trimballé d'une pièce à l'autre, au gré des désirs de Madame, comme une lampe achetée à l'instant et qui encombre déjà.

Le jeune con va y aller, il dit « je vais y aller ». Le « Y » est connu de tous sauf de moi. Moi je n'ai pas de « Y », alors je dis « je vais vous laisser.

— Ah bon ? Déjà ? » Heinchérie n'est pas contente, je contrarie ses plans, elle ne pourra pas me déplacer à sa guise.

« Eh eh mais c'est qu'il travaille demain, mon Gérault ! » se vante Jean-Yves. Gloire à Jean-Yves ! Vive Jean-Yves ! Heinchérie s'accroche à lui, elle ne s'est pas trompée, elle a vraiment épousé le meilleur ! Le généreux, le débrouillard, celui qui rend service, celui qui sauve, elle est fière Heinchérie ! Gloire à Jean-Yves, Greta et sa blanquette !

Le jeune con joue avec ses clefs de voiture, il ne me

proposera pas de me déposer. Il fait la bise aux autres, à moi non. C'est déjà le patron. Pas de mélange de genre, ça nuit à l'autorité. Demain, on n'aura jamais dîné ensemble, on ne se sera jamais vus, et on se vouvoiera. Gloire au jeune con !

« Tu n'as rien oublié ? Tu n'avais que ton manteau mon Gérault ?

— Attends attends – interrompt Heinchérie et elle revient en une seconde, avec un sac en plastique blanc –, je t'ai mis un peu de tout, y a plus qu'à réchauffer, j'ai même ajouté les macarons de Dimitri ! » Heinchérie me donne une leçon, m'éduque, me rabaisse. Il fallait s'en douter. Venu les mains vides, ça mérite bien un coup de bâton. Voilà le bon exemple à suivre en société, mon garçon, tu le sauras pour la prochaine fois. J'aimerais lui dire pour le gâteau, les fleurs, le vin, je veux rester un peu plus, encore, toujours. Il fait froid dehors, j'ai pas envie d'avoir froid. Les poubelles s'entassent depuis plusieurs jours dans l'entrée, le sol poisse, deux ampoules sur trois ont claqué dans la salle de bains, je reste dans le noir, ça évite que mes yeux se posent sur moi, je ne sais plus à quoi je ressemble et c'est tant mieux. Alors tu peux comprendre, Heinchérie, je préfère rester là, sur la moquette, un coin de moquette, je veux juste un coin de moquette. Borde-moi avec le plaid, Heinchérie, pose ta main sur mon front, inquiète-toi, j'ai de la fièvre, oblige-moi à me reposer, jure que je n'irai pas à l'école, et que tu resteras avec moi.

Heinchérie bâille, Jean-Yves s'étire, la porte d'entrée est grande ouverte. « Allez, Gérault, c'est pas qu'il est tard, mais bon… Tu nous tiens au courant… Épate mon neveu hein ? Fais des étincelles ! » Et l'immoler avec ses étincelles, le Jean-Yves, que son dédain parte en fumée, c'est pas l'idée du siècle ?

« Je ne te décevrai pas, Jean-Yves, merci pour cette soirée c'était une vraie belle soirée, vous n'aviez pas menti, vous avez bien su me remonter le moral. »

Heinchérie frétille bouche en cœur « à très bientôt alors ! »

Je les entends parler un instant derrière la porte, ils ne parlent même pas de moi. Je ne laisse pas d'empreinte, pas de souvenir. Heinchérie soupire, elle est épuisée, Jean-Yves susurre « je nettoie un peu et je te rejoins », ils s'embrassent, Heinchérie glousse une fois de plus.

Et l'hiver recommence, rues sombres, pluie sale sur mon crâne chauve.

Je n'aurais pas dû venir.

Demain je verrai Françoise, jeudi c'est le jour de Françoise. Françoise c'est pas le paradis, mais on mangera le reste de la blanquette.

« Pas de produits mis sous le coude pour consommation personnelle, on ne s'assoit pas quand y a des clients et on sourit, c'est clair ? »

Oui monsieur, bien monsieur, parfaitement monsieur.

Je hoche la tête comme un petit chien sur la plage arrière d'une voiture. Le jeune con déambule menton en l'air, pomme d'Adam saillante, il parcourt ses terres.

C'est donc ça, la réussite, une boutique exiguë, vitrines crasseuses qui obstruent la lumière, planche en bois pleine d'échardes en guise de comptoir et tabouret similicuir qui rend l'âme.

« Les cartons, on les ouvre avant de faire quoi que ce soit d'autre et on range rayon par rayon, toujours dans le même sens, c'est clair ? »

Oui monsieur, bien monsieur, parfaitement monsieur.

Chaque règle inculquée à la matraque. C'est qui le chef ? C'est qui le plus fort ? Il dit qu'il ne pourra pas me surveiller aujourd'hui, mais Agnès s'en chargera. Une petite blonde robe rouge attend le feu vert pour exercer sa nouvelle autorité. Le jeune con lui chuchote une dernière recommandation à l'oreille, elle me dévisage, il fronce le nez, elle acquiesce d'un air entendu. Adieu, jeunesse insolente, débrouillez-vous sans moi, je vous laisse à votre petit pouvoir minable dans cette petite épicerie minable, vous étiez en couche-culotte que j'avais déjà des fiches de paie ! Le trottoir m'appelle, il m'ouvre ses bras, il chantonne que c'est le moment de déguerpir, là, tout de suite, que c'est maintenant ou jamais. Jean-Yves et Greta pèsent sur ma conscience, avec tout ce qu'on a fait pour lui, hein chérie ? Et Heinchérie gémit. Ils me culpabilisent à distance. Ne gémis pas, Heinchérie, je préfère quand tu glousses.

« Tu as bien tout compris, Gérault ? » Ne pas s'asseoir, ne rien voler, ne pas sourire, c'est ça, jeune con ?

« Oui j'ai bien tout compris, merci, grâce à tes explications claires, et au temps que tu m'as si gentiment consacré. » Ne te fie pas à ma reconnaissance sirupeuse, ma haine gronde, jeune con, elle est prête à te sauter à la gorge, à lacérer ton minois de jeune premier, prends garde, je ne la contiendrai pas longtemps !

« Pas d'autres questions, Gérault ? J'y vais alors. » Il embrasse la petite blonde sur la tempe à la va-vite. Elle rosit.

La journée va être longue, longue, debout derrière le comptoir.

Agnès prend son rôle très au sérieux, je n'ai absolument rien à faire, mais elle surveille, sait-on jamais je serais capable de dérober des croquettes pour chat, du lait concentré, ou du talc. Elle ne parle pas, elle croise et décroise ses bras pour se donner une contenance. Elle déplace un paquet de biscuits, qu'elle remet exactement à la même place, pareil pour la lessive, le sachet de brioches au beurre, les bocaux de macédoine. Les mains dans le dos, elle inspecte les rayons, fait mine de découvrir quelque chose, de s'interroger, de trouver la réponse, elle dialogue intensément avec elle-même. Elle doit sacrément l'aimer, le jeune con, la Agnès, pour supporter de jouer les matons de prison. « Je vais faire du café », son élocution est maniérée, sa voix est moche, Heinchérie me manque avec son plaid et son vernis écaillé. La petite blonde s'est déjà engouffrée dans l'arrière-boutique, bruits de tuyauterie glouglous sur différents tons, elle dit aïe plusieurs fois et revient les mains vides, elle souffle sur ses doigts, je soufflerais bien moi aussi, fort fort pour qu'elle s'envole loin. « La tasse était trop chaude, je l'ai laissée là-bas. » Désarçonnée la petite blonde. Elle espère sans doute que je me rue à son secours, que je lui amène son café préalablement refroidi, et le lui porte à sa bouche mijaurée. « Pas d'initiative, Gérault, que ce soit clair, tu m'informes, et je décide ! »

C'est pas moi qui le dis, petite blonde, j'ai pas le droit de bouger, alors je ne bouge pas. Elle se poste de nouveau près du papier toilette triple épaisseur.

La journée va être longue longue debout derrière le comptoir.

« Tu pourras prendre une pause-sandwich, mais sans traîner, Gérault, y a personne pour te remplacer. » Ketchup mayonnaise moutarde formule boisson comprise, pour le monsieur grassouillet au bar ! Cinquante ans sandwich-tristesse concombre-poulet, un peu d'eau pour faire passer le tout. Vie de chien.

« Recompte toujours, Gérault, une erreur, c'est un trou dans la caisse, et un trou dans la caisse, c'est un trou dans ta paye, c'est clair ? » Le jeune con me tient en joug, un point rouge se déplace sur mon front.

« C'est vrai que les clients ne sont pas des anges », avait tenté d'ajouter la petite blonde très concernée, mais son génie n'avait trouvé aucun écho.

« À la fermeture, tu mets les billets dans une enveloppe que tu cachettes avec ta signature, tu signes chaque ticket de caisse, tu n'acceptes pas les chèques, les cartes de crédit exceptionnellement, et c'est moi qui fixe l'exception, c'est clair ? »

« C'est un chouette gamin, tu verras, Gérault », avait pourtant dit Jean-Yves. Heinchérie avait même acquiescé. Viens, Heinchérie, que je puisse pardonner ta trahison, viens, il te faut irrépressiblement de la ciboulette, des yaourts, ou de l'huile d'olive, viens, Heinchérie, je suis dans la niche où tu m'as enfermé, viens, viens me chercher, je n'aboierai pas.

« C'est ouvert ? » Chaque fois la même question inutile, les vieilles dames se succèdent avec leur petit porte-monnaie avare et leur « attendez attendez, je dois avoir le compte exact, c'est une pièce de un, ça ? Que c'est cher, de mon temps… » Simagrées pour quelques biscottes qu'elles imbiberont de bouillon glaireux, afin d'épargner leurs chicots branlants. La petite blonde guette, elle change d'angle régulièrement, sa tête de poule furète pour me prendre en flagrant délit d'un truc, qu'elle se délectera de dénoncer au chef de guerre.

Sur le trottoir d'en face, il y a un barbu qui fume. Dans un film, ce serait une femme avec des bas, un porte-cigarettes et des lèvres presque noires. Dans un film ou dans un rêve, dans un rêve ou si j'avais un peu de chance. Mais pas de chance, le Gérault, pour toi ce sera le barbu, le barbu sinon rien, et ne fais pas le difficile, on te propose du premier choix de barbu, le numéro 1 toutes catégories confondues. Il marche et revient toujours à la même place, adossé à l'immeuble, les fesses calées contre le rebord de la fenêtre du rez-de-chaussée. Il est franchement louche ce type, un boucher, un sanguinaire, sûrement un sbire du jeune con pour me tenir à l'œil. Je devrais faire un signe, un petit signe entre voisins, ça se fait. Un petit signe amical entre voisins pour montrer que je n'ai rien à me reprocher… Si je fais un signe amical, il pensera justement que j'ai quelque chose à me reprocher et que j'essaye de le corrompre. Ne pas regarder dans sa direction, rester droit, être aimable, serviable, parfait, avec les vieilles radines et leurs biscottes. Un gars s'arrête près du barbu, ils échangent trois mots, à mon sujet à tous les coups, le barbu tend un briquet à l'autre, et ils repartent ensemble. Ils reviendront, ce n'est que partie remise. Ils reviendront discrets et déterminés à accomplir leur mission. Le nez froncé du jeune con, et l'air entendu de la petite blonde, c'était ça, il la mettait dans la confidence pour qu'elle ne soit pas prise au dépourvu.

Le monde ne tourne pas rond, et il tourne autour de moi.

La petite blonde est contrariée, ses cheveux font un épi, son ombre contre le mur ne ment pas. Elle ne veut pas que je m'aperçoive qu'elle est contrariée, elle ne veut pas non plus que j'aperçoive ce drame qui la foudroie. Elle l'aplatit, l'épi se rendort sournoisement, mais c'est pour mieux se redresser par la suite, fort, vigoureux, insoumis.

Cet épi me ressemble.

Ses mains se relaient à toute vitesse au sommet de son crâne, pour vaincre la mèche diabolique, elles s'obstinent, s'acharnent. La petite blonde combat son ombre, de profil, de trois quarts, l'ombre gagne toujours.

Cette ombre me ressemble.

Tout à l'heure, je rejoindrai Françoise, à la bibliothèque du collège où elle travaille. Il y a une bouilloire rouillée, et des gobelets en carton, à peine rincés entre deux bouches. Les enfants détestent la bibliothèque, ils râlent, se traînent, et Françoise boit du thé sans goût. Elle met son cœur à l'ouvrage, trop de cœur, tout son cœur, vous aimez quoi, vous connaissez, vous avez lu, vous devriez, les gosses piaillent, se moquent sans même prendre la peine de se cacher. Que c'est méchant, un gosse. Je la rejoins et elle sourit. Sourire, c'est ce qu'elle sait faire de mieux. Elle ne raconte rien quand je l'écoute, mais quand je pars, elle me retient, je t'ai pas dit, il faut que je te dise, tu as une minute encore ? Alors je reste. On boit le thé sans goût dans les gobelets en carton ramolli. Je l'aime bien, Françoise, je l'aime bien maintenant, mais un jour, je n'aurai plus besoin d'elle, et je la rangerai dans le passé. Françoise, c'est pas l'idéal, mais c'est moins pire qu'autre chose.

« Tu t'es bien débrouillé, mon Gérault, Dimitri a l'air satisfait ! » Tape sur l'épaule, tape dans le dos, Jean-Yves parle tout bas, en confidence. Son jeune con de neveu inspecte minutieusement la caisse, les rayons, l'arrière-boutique, il ne faudrait pas nuire à l'ambiance austère qu'il impose depuis le début.

« Il avait des doutes, mais je crois qu'il n'en a plus, je suis content, mon Gérault ! » Les mots de Jean-Yves me prennent en otage.

Agnès suit le jeune con sans relâche, elle parle à toute vitesse, avec sa bouche, avec ses doigts sur lesquels elle compte et recompte, fait semblant d'effacer quelque chose dans l'espace, recommence. Le jeune con met la tête en arrière, en avant, arrange et dérange sa mèche, il n'écoute pas vraiment, c'est le patron, un patron n'écoute pas vraiment. La petite blonde est sur la pointe des pieds pour rester à son niveau, si un cageot traînait, elle monterait dessus, et s'il y avait un escabeau, aussi. Je suis là, hurle-t-elle, regarde-moi, félicite-moi. Dis-moi que je suis belle, dis-moi que tu m'aimes, embrasse-moi encore sur la tempe, demande-moi de perdre mes journées à surveiller le vieux chauve, et je le ferai, mais dis-moi que je suis belle, que tu m'aimes, que tu m'embrasseras encore sur la tempe.

Le jeune con n'a pas le temps pour ces histoires. Il n'a pas enlevé son blouson. « Bon, j'y vais », il dit. La petite blonde se décompose. Peut-être qu'elle ne sait pas non plus, ce que représente ce fameux « Y ».

« Je t'apporte le contrat demain, Gérault, on part sur un SMIG de base, tu auras tes dimanches, trente minutes pour déjeuner, on verra pour la suite. » Jean-Yves essaye de capter mon regard, tu vois, je te l'avais dit, je suis content, je suis content. Un peu plus, il remuerait la queue comme un caniche, le Jean-Yves. Je suis contraint de refuser votre offre, jeune con. Donnez ce travail médiocre à la petite blonde, elle sera exemplaire pour tenir la caisse, elle sait également préparer le café, combattre les épis, affronter son ombre, elle croise et décroise les bras avec virtuosité, range le papier toilette triple épaisseur mieux que personne.

« C'est parfait, Dimitri, merci », je m'incline courbette et révérence. Jean-Yves est content, son neveu aussi, alors qu'importe que je le sois ou non. Au revoir comblé de Jean-Yves. Le jeune con n'est déjà plus là, il crie du trottoir « tu fermes la boutique, rideau de fer, et tout l'toutim, Gérault, ce soir c'est toi le boss ! » Agnès la plante verte fourmille, lui emboîter le pas, courir derrière lui, se jeter à son cou, le traquer jusqu'à son « Y », qu'il devienne le leur ? Elle prend racine au seuil de la porte. Trop tard, petite blonde, tu peux rentrer chez toi, avec ta tête de poule.

« Au revoir, monsieur Gérault », elle fait un signe de la main. Une main petite petite comme celle d'une toute petite fille. Une toute petite fille avec une voix inaudible comme la voix d'une toute petite fille à qui on vient de faire de la peine. La rattraper au vol.

« On peut prendre un café, je dis, un café qui ne sera pas trop chaud cette fois, et que vous pourrez boire. » Elle sourit. Elle hésite. Ressemble-t-il au méchant loup des contes, puis-je lui faire confiance ?

« C'est comme vous voulez », je dis. Elle sourit. Elle hésite.

« C'est gentil, une prochaine fois peut-être. » Elle disparaît derrière la vitre crasseuse. Très très seule, très très triste, très très perdue, mais un café avec l'employé, faut pas exagérer tout de même ! Recalé, le Gérault, éjecté d'un revers de manche, lui, son ventre en B et son crâne qui brille. Y a pas de miracle, être gentil ne sert à rien.

« Tu vas bien ? » Bises molles, grande spécialité de Françoise. Elle joue la distance, la nonchalance, mais tout en elle tinte d'espoir.

Françoise dans sa bibliothèque, c'est un meuble parmi les meubles, entre l'étagère de gauche, la chaise pliante et la bouilloire. Je ne pourrais pas l'emmener ailleurs, je ne saurais pas s'il faut l'aider à enfiler son manteau, la laisser prendre mon bras, à quel rythme marcher auprès d'elle. On n'arrache pas un animal de son milieu naturel, c'est pareil pour Françoise.

Françoise, je la connais depuis des siècles, rencontrée avec Étienne mon collègue de l'époque. On trinquait chaque soir après le boulot, au bistrot de la gare. Les filles à la table voisine, c'était forcément Étienne qui ramassait, en deux temps trois mouvements, affaire réglée. Et puis y a eu Françoise. Étienne l'a invitée à s'asseoir avec nous, elle n'a pas pris une seconde de fausse réflexion pour faire monter les enchères, elle a tout de suite accepté, sympa, Françoise, sans chichis.

Quand elle est partie se repoudrer, Étienne continuait de crâner. « Françoise, c'est du pain bénit », il a vite déchanté Étienne, quand elle n'a pas voulu qu'il la raccompagne. Pas à son goût, elle a dit. Et du goût, elle en avait sacrément la Françoise, puisque son goût c'était moi.

« Je comprends je comprends », je n'écoute pas. Sa voix ennuyeuse vaque à ses occupations, et moi aux miennes.

« Je comprends je comprends » que je glisse dans ses silences, pour la relancer, et hop, elle rebondit de plus belle. Pas la technique de Heinchérie avec sa main appuyée qui me ramène à elle. Bah oui, Françoise ! N'est pas Heinchérie qui veut !

Françoise, elle marche sur des œufs, il ne faut pas m'en demander trop, je risquerais de ne plus venir. Du moins, c'est ce qu'elle croit. Pourtant elle pourrait en casser des œufs, les écraser, se rouler dedans, je viendrais quand même. Je suis heureux quand elle me regarde, elle me regarde bien. C'est dommage parce que ce n'est pas mon genre, Françoise, c'est pas qu'elle est moche, mais elle ne donne pas envie.

Dans la barquette en aluminium, la blanquette s'est recroquevillée sur elle, emprisonnée dans la sauce grasse devenue bloc de gélatine.

« Quelques minutes à réchauffer en salle des profs, et ce sera délicieux. » Trop polie, Françoise, elle ne recule devant rien. La voilà qui me demande de ne pas bouger, elle met un livre entre mes mains pour m'occuper, « je suis là dans un instant, on va se régaler ! » J'aurais dû vérifier avant, la consistance de la blanquette, j'aurais dû la jeter sur le chemin. Je tourne les pages, des tableaux plus laids les uns que les autres se moquent de moi. Les titres sont idiots, pas des génies, ces artistes. Je ne mangerai pas, j'ai le droit de ne pas avoir faim. Mon estomac se tord, j'ai faim. Françoise n'est pas obligée de le savoir. Il suffit de réguler ma respiration, je ne gargouillerai pas, il suffit de le décider.

« J'ai pris des couverts en plastique et des serviettes en papier. » La blanquette me nargue, le bloc de gélatine s'est dissout, Françoise est ravie.

Je ne peux pas la décevoir, je dois partager ce repas.

L'école est vide, la cour obscure ne résonne plus de ballons, de billes, de chats perchés. Sinistre, une école vide. L'arbre nu au milieu se voûte pour ne pas être coupé, ne pas dépasser le mur en brique, surtout ne pas le dépasser. Il contraint ses branches, les encourage pour qu'elles ne le trahissent pas.

Françoise est plongée dans la barquette, elle parle de son grand fils, en suçotant le bout de ses doigts. « Je comprends je comprends », je dis.

L'arbre aimerait être ailleurs, en liberté. Gribouillis et initiales entaillent son tronc, sa chair est à vif, la sève pas loin.

Françoise est joyeuse, ses mots sautillent dans sa gorge, j'ai pensé à elle, à nous, la preuve est sur la table, mes bras l'accueillent enfin. C'est ce qu'elle imagine. On ira ici là, on fera ci et ça, ses rêves transpirent malgré elle.

Je ne peux pas la décevoir, je la laisse rêver.

L'arbre se penche vers la fenêtre, il me salue.

« On partage ? – Françoise me tend une moitié de macaron, foncée par sa salive. Son empreinte de dents se rapproche de ma bouche –, goûte c'est divin ! » Le macaron mouillé touche mes lèvres, je ne peux pas refuser. Si je gobe, aucune particule de Françoise ne s'agrippera à mes papilles. Au fond du gosier, vite, vite que les enzymes digestives fassent leur boulot !

« Doucement ! Savoure ! Ah, les hommes !... – Françoise s'esclaffe – j'étais sûre que tu aimerais ! »

Elle me tend un autre morceau croqué.

Françoise... je... heu... tu... ça me... Je ne trouve pas la bonne tournure. Je ne veux pas lui gâcher ce moment. Je gobe, une deuxième fois. Françoise applaudit. Je suis une otarie de cirque qu'on félicite après qu'elle a avalé des sardines.

L'arbre se cache les yeux, il ne doit pas non plus apprécier les bouts de trucs mâchouillés en guise d'offrande. Françoise se sent désirée, je l'entends à sa voix qui n'est plus la même, douce et grave, pour me charmer. Ça ne me charme pas.

« Je dois y aller », je dis. Pourquoi je n'aurais pas droit à un « Y » moi aussi ? Elle fait une moue boudeuse. Non, Françoise, tu n'es pas Brigitte Bardot, juste un poupon joufflu. Elle se lève « tu ne vas pas partir maintenant, pas comme ça ». Elle me défie, ça la fait rire, moi non. Ses gros seins sont presque collés à moi, ce ne sont pas des seins de femme, ce sont des seins de maman. Malgré son pull en mailles d'hiver, ils se dressent, me cherchent, me tourmentent.

Je ne peux pas la repousser, je ne veux pas la rendre triste.

« Je savais bien qu'un jour... – elle reste en suspens –, je savais bien qu'un jour... »

Ses doigts de la main gauche qu'elle suçotait tout à l'heure effleurent ma nuque. Son visage pique sur moi, comme une mouette qui pêche.

« Françoise », mon ton la surprend. « Françoise », intonation identique. Je ne sais pas quoi ajouter, mais elle attend, accrochée à mon cou, prête à refondre sur sa proie.

« Je dois y aller. » Je m'échappe d'elle, attrape mon manteau, l'arbre me guide vers dehors, il bruisse « ne te retourne pas ».

Derrière moi, Françoise retombe sur sa chaise, lourde comme un sac de plâtre.

« Ne te retourne pas », bruisse l'arbre de toutes ses forces.

Je ne veux pas qu'elle ait mal, je reviens sur mes pas.

« Tu peux m'accompagner, Françoise, je dis, accompagne-moi. » Elle ne me regarde plus. La culpabilité ne remplace pas l'amour. La barquette d'aluminium devient poubelle, serviettes, couverts, tout s'y écrase.

« Non, là j'ai des choses à faire. » Françoise n'use plus de ses murmures doux et graves pour me charmer.

« Je suis désolé, Françoise, je dis.

— Ah bon, désolé de quoi ?

— De t'avoir blessée, je...

— Me blesser ? Tu plaisantes ? ! »

Sa voix est perchée trop haut, sans contrôle. J'aimerais qu'elle me regarde, tout de suite, qu'elle me confie ses murmures doux et graves encore, j'aimerais revenir à avant, que ces doigts se posent sur ma nuque.

« Allez, tout va bien, j'ai plus le temps là, rentre chez toi. » Elle se dirige vers la porte, la tient grande ouverte. Françoise… je… heu… tu… ça me… Pas la bonne tournure pour ce soir.

La cour d'école obscure résonne toujours de silence. L'arbre nu au milieu est toujours voûté, gribouillis et initiales entaillent toujours son tronc.

Cet arbre me ressemble, ma chair est à vif, mes larmes pas loin.

J'aurais dû la laisser faire, ne pas respirer, comme pour gober les macarons, j'aurais dû être courageux, elle aurait été moins triste et moi aussi.

La chaussée est noire, le goudron brille sous la pluie, les voitures garées sommeillent, leurs paupières recouvrent les phares. Elles se réveilleront à l'aube pour servir leur patron. Il faudra réagir vite, que le moteur se réchauffe malgré l'engourdissement de la nuit, démarrer au quart de tour, supporter les injures, les « avance, sale bête, je suis à la bourre », les coups sur le volant. Elles tentent tant bien que mal de se serrer les unes derrière les autres, pour trouver un peu de réconfort.

Elles savent que leur temps est compté, il y en a eu des affichettes « à vendre » collées sur la vitre, des propriétaires arrachant le siège bébé, afin de l'installer à l'arrière d'une autre voiture plus clinquante. Pourtant elles en ont de belles choses à raconter, le rétroviseur se souvient des sanglots réprimés, du mascara qui coule, du rouge à lèvres sur les dents, le tableau de bord ressent encore le poids des classeurs, de la boîte de mouchoirs, des tétines, des cigarettes. La moquette porte encore les stigmates des pattes du chien, des semelles crottées, des miettes de sandwichs et de l'eau renversée.

Je ne peux pas partir avant que Françoise m'ait de nouveau souri, embrasse-moi je lui dirai, j'inventerai que j'en ai envie, plus envie qu'elle, embrasse-moi, je chuchoterai pour que ça paraisse vrai. Je la serrerai contre moi, ses seins ne me chercheront plus, je viendrai à eux.

Les voitures s'efforceront de ne pas décevoir demain, tenir le plus longtemps possible, voir les enfants grandir, les couples se réconcilier, être témoin de la ville qui change et se transforme, des rues qui deviennent impasses, des tunnels que l'on creuse, des obstacles, des détours.

« Qu'est-ce que tu fais là, t'es trempé, tu vas attraper la mort. » La voix de Françoise n'a plus rien d'une dentelle, gouaille d'une dame de cantine qui impose à coups de grosse louche les épinards filandreux et les flageolets froids. « Alors ? » Elle dit. Un peu plus elle taperait du pied, madame trépigne.

« Françoise, je…

— Tu es désolé, on a compris ! »

La pluie semble agréable à côté de la rudesse de Françoise.

Je ne suis pas celui qu'il te faut notre amitié est trop précieuse tu me fais perdre mes moyens j'ai besoin de temps tu mérites mieux. Les clichés se bousculent. Les ravaler, les retenir. Phrases prémâchées remâchées régurgitées, ne pas ressembler à Étienne, ni au jeune con ce soir. Françoise… je… heu… tu… ça me…

Ses yeux me dévisagent. Ils sont profonds. Ne seraient-ils pas presque verts, son nez n'est-il pas presque joli et sa bouche, sa bouche, n'est-elle pas presque charnue ?

Je m'avance maladroit, gauche, elle ne bouge pas, « embrasse-moi », je dis. Françoise lève ses sourcils très haut. « Embrasse-moi », je chuchote. Ma langue est tapie au fond de ma gorge. J'ai peur de ne plus savoir.

« Explique-moi… » Elle m'offre ses mots dans un souffle, un souffle qui espère. Je dis que j'ai envie, plus envie qu'elle. Elle sourit, Françoise sourit comme une femme que l'on doit conquérir, elle ne se donnera pas, mes lèvres rencontrent sa joue. Françoise monte dans sa voiture, mon envie la rend légère, elle est presque gracieuse.

« Dors bien », murmure-t-elle pour me charmer.

Je suis presque charmé.

« Mais ma parole t'es une carpe, Gé, tu crois que ça excite les filles, une carpe ? Ce qu'elles cherchent c'est du sang chaud, du sang de fauve ! – Étienne s'insurge assis sur un carton à déballer –, Françoise et sa paire de loches comme ça ! » Il mime avec ses mains, t'as un vrai problème, Gé ! » Gé prononcé Dgé, à l'américaine. Cheveux gominés, yeux bleus et accent qui sort de nulle part. Pour Étienne y a l'enfer, le Paradis et l'Amérique, un numéro, Étienne, tellement sûr de lui, que les femmes succombent, prenant sa ringardise pour de l'humour.

Ninja, version-américaine-sauce-Étienne du prénom de son épouse, fantasme absolu des collègues. Normal, ils ne l'avaient jamais rencontrée. Ninja... ils imaginaient une créature sylphide moulée de latex noir, cambrée et agile. L'envers du décor, c'était Jeannine, Jeannine et ses marmots, son tablier de grand-mère, et ses mollets gonflés.

« T'es trop cérébral, Gé, tu la sautes, les sentiments, ça vient après, ou ça vient pas, mais au moins, t'es vivant ! »

Ça pour être vivant, il est vivant, Étienne, ficelé à son démon de midi. « Crise de la quarantaine qui s'éternise », avait diagnostiqué sa femme. Une sainte, Jeannine ! Tant qu'il se couche auprès d'elle, mange en famille, et que son ardeur est au beau fixe, elle n'en demande pas plus. D'autres gomment leurs frasques par des roses, des bagues, des compliments, lui, c'est les mômes ! Môme sur môme, la santé, Étienne ! Pas le temps de reprendre forme humaine, que la Jeannine est déjà remplie du suivant.

Un épi, une tête de poule, Étienne se lèche les babines, « j'en aurais fait qu'une bouchée de ta petite blonde – Étienne le coq bombe le torse –, on va sabrer le champ' pour fêter ton nouveau job ! »

Il se met à chercher dans les allées, « liquide vaisselle non, éponge non, tatata… sacs-poubelle non, bougies non plus, Sopalin encore moins, tatata… Palmito non, palets bretons non plus… Les sirops… on s'approche on s'approche ». Christophe Colomb arrive aux sodas, attention la terre n'est plus loin, il va planter un drapeau ! Victoire ! il brandit enfin une bouteille ! « Mais c'est qu'il vend de la qualité en plus, rosé brut millésimé dis donc ! » Il lit chaque étiquette, analyse la qualité des bulles à la lumière, compare les prix, la provenance. Il teste la résistance de l'armature en fer qui retient le bouchon, je vois d'ici le geyser, le sol inondé, la marchandise foutue.

« Repose ça, je lui dis, fais pas le mariole. »

Rayon frais, heure du classement des produits laitiers en fonction de leur date de péremption, « les articles en bout de course, toujours en évidence, sous les yeux, Gérault, on écoule, pas de gâchis, c'est clair ? » Yaourts natures, aux fruits, aromatisés, brassés, morceaux, à consommer avant le 04/11, le 08/11, le 12, fromages à pâte dure, molle, râpés, en copeaux, à consommer avant le 06/11, le 09/11, le 14, chantilly, mousse au chocolat, quiches, même combat.

« Le mariole pour qui ? Y a pas un rat, c'est déprimant. » Étienne grommelle sur son carton. Qu'il s'en retourne voir ses maîtresses, sa femme, son chômage, si c'est plus drôle. « Et alors, Gé ? Quoi d'autre ?

— Alors rien, rien d'autre, Françoise est rentrée chez elle, et moi aussi.

— La blague, Gé ! Elle termine en eau de boudin, ton histoire ! On dit heureux au jeu, malheureux en amour, j'espère que tu joues en ce moment parce que là tu vas toucher le jackpot ! » Étienne crache du feu, ça impressionne, mais ça ne brûle pas. Il s'esclaffe. « C'est pour quand le mariage, je m'occuperai personnellement de ton enterrement de vie de garçon ! Pour ce qu'il y a à enterrer de toute façon ! » Françoise lui reste en travers de la gorge. La jalousie ne lui sied pas.

« C'est ouvert ? – un type pénètre dans le magasin –, vous vendez des piles ? » Étienne répond non du tac au tac.

« Non ce n'est pas ouvert, ou non vous ne vendez pas de piles ?

— Les deux », il dit. Le type est surpris.

« Vous ouvrez à quelle heure ? Sur la porte, c'est écrit 9 heures, il est 11 h 30 !

— Bah si c'est écrit sur la porte c'est qu'on est ouvert alors », répond Étienne.

Ne pas bouger, se fondre dans le décor, entre le lait entier et la crème fraîche. Attendre que le type dégage. À tous les coups c'est un ami du jeune con venu en repérage, ou de Jean-Yves, ou le père de la petite blonde, en deux temps trois mouvements, viré, le Gérault.

« Pardon, monsieur, il plaisantait.

— Ah ah – rétorque le type acide –, hilarant, où sont les piles plates ? »

Je n'en sais absolument rien, la sueur imbibe ma chemise, s'aventure au-delà, ma veste fait encore barrage, plus pour longtemps. Ma lèvre supérieure dégouline, c'est salé. Plus l'inquiétude est dense, plus ma transpiration est salée. Je devrais commercialiser mon jus, jus de Gérault pour vos préparations culinaires. Après le sodium de table, en gros grains, ou moulu, le jus de Gérault parfaitement naturel, sans additif, convient aussi bien en agrément dans vos salades, pour relever un poisson fade, tel que le merlu, le flétan, ou pour cuire un dindonneau en croûte de sel.

Christophe Colomb vole à mon secours, le type s'impatiente, il remonte son col, regarde sa montre qui ne donne plus l'heure, « c'est pas sérieux », il dit excédé, pas sérieux en écho encore et encore. Christophe Colomb détaille de nouveau ce qui lui tombe sous la main, tablettes de chocolat non… riz complet, non plus… colle papier, encore moins… Le type éructe « c'est pas sérieux pas sérieux ». Près de la caisse, bien sûr, près de la caisse, à côté des bonbons, des stylos et des briquets. J'ai le triomphe modeste. « Pas trop tôt – marmonne le type –, faut pas être pressé avec vous. » Christophe Colomb erre toujours entre la litière, les crèmes solaires et les serviettes hygiéniques. Le type paye à la va-vite, au revoir, monsieur, à bientôt bonne journée. Les grelots de la porte tintent. « Ah ça y est, il est parti ? » Étienne se rassoit sur son carton. Il ne s'excusera pas, ça va quoi, on n'a plus le droit de plaisanter ? Ramassage des poubelles, prenez-le aussi ! Pas de détours jusqu'à la décharge !

« Eh ce serait pas génial si on retravaillait ensemble, Gé ?… tu pourrais parler de moi au patron… tu te souviens la cantine, les verres après le boulot, Hector, Colard, Titi et toute la bande – Étienne m'encombre avec sa nostalgie qui grince –, hein, Gé ? La fine équipe ! Travailler ensemble comme avant, ce serait pas génial ? »

Écoute, mon grand, je n'ai aucune envie que tu viennes picorer ma réussite, je garde Françoise, le magasin, la petite blonde et le jeune con, je te laisse tes yeux bleus, ta gomina, Ninja, les gosses, et tu en conviendras, je suis bon prince, il y aura toujours un carton pas déballé sur lequel tu pourras t'asseoir pour grommeler à ton aise.

Il me faudra du temps, du temps et de la mauvaise foi. De la mauvaise foi pour gagner du temps. Ah bon j'ai dit que je lui parlerais de toi, ah bon j'ai dit au plus vite, ah bon j'ai dit que c'était une bonne idée, ah bon j'ai dit que ça me ferait plaisir, quelle histoire, avec toutes ces responsabilités, ça m'est complètement sorti de la tête, tu penses bien que sinon je lui en aurais évidemment parlé, malheureusement, il a engagé quelqu'un d'autre depuis, que c'est dommage, vraiment, ça aurait été formidable, crois bien que de nous deux, le perdant c'est moi, une prochaine fois hein ?

Manque d'imagination pour manier la mauvaise foi « oui, je réponds, oui bien sûr, Étienne, je parlerai de toi au patron ».

Il tape sa poitrine de son poing, visage sérieux d'un soldat au garde-à-vous, « T'es un frère, Gé », et son attente s'assoit sur mes épaules.

« Je vous passe votre mère, elle sera contente de vous entendre, vous devriez l'appeler plus souvent quand même. » Gros yeux autoritaires à l'autre bout du fil. La garde-malade donne des ordres, c'est nouveau ça. Mme Gros-Yeux ferait bien de se tenir à carreau si elle ne veut pas être remerciée. « Oui vous avez raison, j'essayerai. » Elle peut parler tant qu'elle veut, je n'essayerai rien du tout, je suis un fils à la hauteur de sa mère. Point final. On n'a que ce qu'on mérite, il paraît.

« Allô, c'est toi ? » Mémé grésille. Qui veux-tu que ce soit d'autre, tu as d'autres enfants, des amis ? Non ? Bah c'est moi alors !

« Oui, Maman, c'est moi. »

Elle se plaint que je n'appelle pas au bon moment, mais quand je veux raccrocher ce n'est pas bien non plus. Elle ne me demande pas comment je vais, elle embraye directement sur elle, ses douleurs, sa solitude, ses déceptions, ses regrets. Elle ponctue par « je suis vieille », virgule suivie d'une pause, elle espère une réaction de ma part, que je la rassure, et lui jure le contraire. Elle peut espérer longtemps, je déteste mentir. C'est vrai qu'elle est vieille, vieille et pesante comme une mauvaise nouvelle. Mais ça, elle le dit pas.

« Je ne suis toujours pas grand-mère, si tu crois que c'est une vie », elle rabâche, Mémé.

« Et tu n'as toujours aucune femme à me présenter. »

Mémé est très en forme, elle égrène ses frustrations.

« Quand je pense à toi, je pleure. »

Arrête de penser à moi, Mémé, tu pleureras moins. « Je suis désolé, Maman. »

Si ça lui suffisait que je sois désolé, si seulement ça lui suffisait, mais faut pas rêver, Petit, Mémé ne se laisse pas amadouer facilement, Mémé a de la ressource. Le malaise pointe son nez, la garde-malade apporte une chaise « asseyez-vous asseyez-vous, qu'est-ce qu'il vous a dit encore, pour vous mettre dans cet état ! » Ça y est, je suis réduit à « il ». Bruits de mouchoirs, de morve, de bave. « Allons allons calmez-vous. » La garde-malade reprend le téléphone. « Ménagez-la, nom de nom, c'est votre mère quand même. » Mme Quand-même chausse de nouveau ses gros yeux autoritaires. Si elle avait une baguette, elle me taperait sur les doigts, vilain garçon, puni, au coin, bonnet d'âne et martinet. Mémé gagne à tous les coups. La victime, c'est elle. Qu'on n'essaye surtout pas de lui voler son rôle.

« Méchant comme son père » sanglote-t-elle, la garce. Je ne peux pas raccrocher. Elle retient entre ses griffes un morceau de mon cœur qui attend qu'elle me pardonne, même si je n'ai rien fait.

« Vous m'en direz tant, non, mais j'vous jure, on est dans un monde ! Si c'est pas malheureux ! » Ce qu'il y a de malheureux surtout c'est d'être piégé dans ce magasin, à votre merci avec votre horrible sac à main éventré sur mon comptoir et qui ne se refermera pas de si tôt puisque déjà vous cherchez un endroit pour vous accouder, ou vous adosser, et si je pouvais vous offrir le tabouret en similicuir pour vos fesses-garçonnes, ce serait l'idéal. On en est qu'au premier fait divers, avant il y a eu la météo, les infos générales du jour, bientôt il y aura les rumeurs du voisinage. La femme-homme ferme les yeux quand elle parle pour appuyer ses propos stériles, grand classique ! Paupières baissées elle monte en grade, observons sa belle concentration, ses réflexions originales, et ses discours recherchés. Je ne fais pas partie de ses plans, l'intérieur de sa tête est tellement plus intéressant que mon air benêt qui acquiesce. La femme-homme a des hanches larges et des jambes coton-tige pantalon mi-mollet, elle caresse sa nuque rasée de près, instantanément son menton pointu avance, il avance, se rétracte, avance, se rétracte, il troue l'air, selon les caresses, selon les syllabes qu'elle prononce, son menton-érectile me guide, je trouerai bien l'air moi aussi.

« Vous ne vous ennuyez pas là tout seul, toute la journée ? » Surtout quand elle prononce « ou », prononce « ou » encore, ne t'arrête pas, son menton-érectile ne s'essouffle pas, joue, bisous, caillou, jaloux, hibou, je ne vois plus ses yeux absents. Mon regard est trop bas, elle croise les bras sur ses minuscules petits seins espacés, très indépendants on dirait, vous n'êtes pas copains ? Vous boudez ? Ce qu'ils sont mous, c'est incroyable, des mous comme ça, c'est rare ! Mous et minuscules, son menton semble imposant à côté. Dur de se détacher d'eux, ils en ont vécu des choses, sur le dos, ils doivent gaiement rejoindre les aisselles, sur le ventre, ils doivent se laisser écraser docilement, ils savent se mouvoir mieux que personne. Je peux toucher ? Texture éponge ou plutôt moufle ?

« Alors ? vous ne vous ennuyez pas trop ? » Elle a remis son sac sur l'épaule, ses bras sont de nouveau croisés, sait-on jamais, si ses minuscules petits seins décidaient de foutre le camp. « Non, je réponds, ça me donne le temps de penser ! » Elle caresse encore sa nuque, ne serait-ce pas un message subliminal ? Elle dit « c'est bien que vous soyez là, j'en avais marre de faire les courses à l'autre bout de la ville, le type avant vous était insupportable », petite délectation personnelle. Son menton-érectile avance sur les « oi », les « i », les « a », mais un peu moins que sur les « ou », c'est toujours ça de pris quand même. Ce soir, je dînerai avec Françoise, on ira chez elle, je la cueillerai à point.

Les pales du ventilateur brassent la poussière au-dessus de ma tête, il tourne sans cesse, j'aurais dû demander à la femme-homme de l'arrêter. Elle serait montée sur le comptoir avec ses vieilles espadrilles douteuses, ou pire elle les aurait enlevées et m'aurait infligé ses orteils noueux. Je lui aurais été redevable ensuite, un poivron offert, allez c'est pour moi, ma bonne-dame ! Vous préférez un avoir sur vos prochaines courses ? Ou partager un café en arrière-boutique ? Cher payé pour un arrêt de ventilo. Elle aurait péroré, c'est bien le genre, à se vanter des services qu'elle rend.

Les pales tournent de plus en plus vite, elles se nourrissent de ma crainte. Il ne fait pas si froid après tout, il n'y a pas tant de poussière que ça, il peut tourner tant qu'il le souhaite, je ne me risquerai ni à demander de l'aide, ni à grimper sur le tabouret bancal, ni à me faire sectionner une main. Le ventilo se gausse, je l'entends se gausser. Un ennemi de plus. Au milieu des pales, un point noir me fixe, insecte qui se cramponne, araignée qui agonise, tache de suie, le point noir ne me lâche pas, mon crâne chauve lui est offert.

Une caméra, une caméra pour vérifier mes gestes, mes paroles, une caméra pour juger surveiller dénoncer. Le ventilo me scrute, relié à une tour de contrôle. Dimitri clique sur différents écrans, il n'en perd pas une miette, Jean-Yves tape un rapport, Heinchérie les ravitaille, le barbu et la petite blonde se relaient. Ils savent pour la gomina, les piles, le menton qui troue l'air, ils me piègent.

« Alors, Gérault ? Tu t'en sors ? » Le jeune con est devant moi, la tête en arrière pour tenter de comprendre ce que je regarde. « On peut l'arrêter si tu veux ! »

Son pied prend appui sur un carton, il tire une petite chaîne rouillée qui pendouille au centre du ventilo, en un instant les pales s'immobilisent « Et voilà ! » Au milieu le point noir ressemble à un pauvre clou oxydé. Rien à déclarer.

« Alors ? Gérault ? » Le jeune con passe en revue le magasin, front plissé sourcils froncés.

« Gérault, le sol. »

Le jeune con pointe quelque chose avec sa chaussure. Il faut que je m'approche ? Il faut que je réponde ? Il faut que je me justifie, je dois bouger rester droit m'excuser ?

« Gérault, le sol ! » il répète, on dirait un nouveau nom. Bonjour, Gérault Le Sol de la famille des Le Sol, grande famille aristocrate implantée dans les vignes depuis 1817.

« Une boutique, Gérault, c'est comme une maison, j'imagine que tu laves le sol chez toi, n'est-ce pas ? » Vous imaginez mal, monsieur, les Le Sol ne lavent pas, ils font laver.

« Bien sûr, je réponds.

— Alors on réagit, Gérault ! Balai serpillière et tutti quanti ! et les vitres, Gérault, les vitres, c'est pas un luxe de voir à travers ! »

Pas de prénom, cinquante ans, femme de ménage, je lave, je gratte, je brosse, j'essuie.

« Je m'en grille une petite en attendant, je reviens... Dans les coins, Gérault, partout ! »

Pas de prénom, cinquante ans, sous les ordres d'un jeune homme qui aurait pu être mon fils. À genoux sur le carrelage, cuisses malmenées, compressées dans le velours côtelé, doigts rougis. Que personne ne rentre maintenant, personne, personne pour tomber sur ce type gras qui suffoque accroupi.

« Pas mal, Gérault, tu vois, c'est pas grand-chose, et pourtant ça change tout ! »

Le jeune con est content, il s'en va léger. Je regagne le comptoir, le ventilo ne se gausse plus, il chuchote qu'on lui a coupé les ailes.

Pas de prénom, cinquante ans, chemise mouillée pantalon poché ventre en B, pas ce soir encore, que je serai un héros.

Je suis désolé, Françoise, c'est pas que je ne veux pas, mais je ne peux pas, les imprévus, Françoise, ah la vie, remettons ça à plus tard hein, dans quelques jours quand j'y verrai plus clair.

Y voir plus clair dans quoi ? Quel genre d'imprévu, je peux t'aider ? elle répondra.

Un imprévu d'ordre personnel, Françoise, non tu ne peux rien faire, merci.

Il ne faut pas qu'elle réponde, trop compliqué de rester évasif si elle fouine un peu. Les gens fouinent vite. Les gens adorent fouiner. Personne ne respecte les non-dits, les sous-entendus, il faut expliquer précisément et en détail pour assouvir la curiosité malsaine des uns et des autres.

Une excuse concise sur le répondeur, ce serait formidable, mais pour atteindre le répondeur, il faudrait que ça sonne dans le vide, qu'elle n'entende pas, absorbée par le choix de sa tenue, la couleur de ses ongles et ses boucles d'oreilles. C'est un risque. Je n'aime pas les risques. Je n'aime pas miser à l'aveugle. Les jeux de hasard très peu pour moi.

Une lettre remise au restaurant par le serveur, entre la coupe de champagne que j'aurai préalablement payée, et le menu.

Idée de génie.

Elle sera en robe bustier, une étole en cachemire pourpre négligemment posée au creux des coudes. Dans le halo des bougies, devant un assortiment de petits-fours aux truffes, son visage amoureux s'assombrira à la découverte de mes mots, le chagrin créera des sillons gris perle sur ses pommettes, elle abaissera sa voilette mouchetée, digne et tragique, entourera ses épaules accablées de son étole en cachemire pourpre et s'empressera de rentrer chez elle attendant de mes nouvelles, priant pour que l'avenir ne nous sépare pas définitivement, elle s'inquiétera pour moi, rêvant de pouvoir affronter les obstacles à mes côtés. Je ressurgirai plus tard, des années après, je la retrouverai ainsi prostrée dans sa robe bustier, entourée de son étole en cachemire pourpre, et je la délivrerai par ma seule présence. Françoise, pardon, je dirai, ses joues mouillées se blottiront dans mon cou, pardon, Françoise, son sourire rencontrera ma bouche.

« Ça tient toujours pour le dîner ? » elle demande, « oui » je réponds. Pris de cours, le Gérault. À peine eu le temps de dire allô ah c'est toi ça va, court-circuité par le ton anodin de Françoise.

« Bon – elle ajoute –, à tout à l'heure alors, tu viens me chercher à 20 heures comme prévu ?

— Oui oui, je réponds.

— Parfait », elle dit et elle raccroche.

Mme Françoise décide de tout, même pas la possibilité d'en placer une, d'inventer un mensonge, rien, Mme Françoise est pressée, efficace, pour qui elle se prend ? Directive comme la dernière fois devant l'école, je déteste ça. Ça ne fait pas bander les hommes ta petite autorité, Françoise, on ne te l'a jamais appris dans tes livres scolaires ? Aller la chercher, à 20 heures, comme prévu. Comme prévu quand ? Depuis quand je prévois des choses moi ? Elle a tout prévu toute seule oui. Mme Françoise a organisé son planning à sa manière bien sûr, je suis contraint de me conformer au moule, et il faut que ça me convienne en plus.

Elle a sacrément intérêt à être belle ce soir, la Françoise, sinon ce sera laitue-œuf-mayo pour elle, une carafe d'eau et au lit.

« Cinq minutes, j'arrive ! » elle dit. Interphone à la va-vite, on ne le fait pas monter, le Gérault, il attend en bas entre les bicyclettes à sacoches et les poussettes.

« Bonsoir.

— Bonsoir.

— Vous montez ? »

Les voisins se succèdent bienveillants et courtois, ils retiennent la porte vitrée, tu devrais prendre exemple, Françoise. Les gens sont polis, eux, ils ne me connaissent pas et pourtant, ça leur semble absurde, eux, de me laisser debout dans le hall avec la lumière qui s'éteint si on ne bouge pas. Françoise, me réduire à gesticuler toutes les quarante-cinq secondes pour ne pas être plongé dans le noir et ne pas effrayer les gens qui montent ou qui descendent, ça te semble normal ?

« Bonsoir.

— Bonsoir.

— Vous montez ? »

J'aimerais bien, mais voyez-vous, un coin de canapé et

un verre de limonade ce n'est manifestement pas dans les traditions de Françoise.

20 h 06 presque 7. Je déteste le manque de considération, Françoise. Il suffisait que tu sois à l'heure, c'était trop compliqué ? C'est dommage, Françoise, vraiment dommage, on aurait pu passer une magnifique soirée.

À 10 je disparais, tu seras prévenue. Tu iras dîner seule comme une grande, Françoise, tu pourras essayer de m'appeler après, morfondue et chavirée, ce sera trop tard, Françoise. Il ne faut pas malmener ma patience, ton comportement est inconséquent. Plus qu'une minute, Françoise, t'as intérêt à te dépêcher, sinon tu n'auras plus qu'à t'arranger avec tes regrets et tes soupirs. Tu ne t'étonneras plus qu'aucun homme ne veuille de toi, ça se mérite l'amour, Françoise.

Vingt secondes et je serai délivré, tu te moucheras dans ta robe de gala, Françoise, je n'essuierai pas tes larmes.

20 h 12. Ma montre avance un peu il paraît, le monsieur du quatrième en est certain, il règle la sienne sur l'horloge de l'église. Je te donne cinq minutes de plus, Françoise, après j'y vais et y aura pas de retour en arrière, je peux te l'assurer.

« Bonsoir.

— Bonsoir.

— Vous montez ? »

Leur pitié m'exaspère, ils rentrent chez eux dans leur intérieur parfait avec leur famille parfaite devant un dîner parfait. Si seulement je fumais, ça me donnerait une contenance, je lancerais, comme le jeune con « j'm'en grille une petite et je monte », ou « vous avez du feu ? » quelque chose de ce genre, adossé au mur en béton, l'air décontracté.

« Bonsoir.

— Bonsoir.

— Vous montez ? »

Suspicion... que fait un gros dodu en bas depuis des heures, viendrait-il violer les femmes et kidnapper les enfants ?

20 h 17. J'attends tes excuses de pied ferme, Françoise, et ne tente pas de m'amadouer avec des niaiseries, tu as intérêt à être extrêmement convaincante. Alors, Françoise ?

Ton fils était au téléphone ? Très intéressant, mais va falloir trouver mieux, Françoise, ça ne me suffit pas du tout. Une inondation ? Un incendie ? Une grippe foudroyante ? Une crise d'angoisse ? Recalée, ma pauvre Françoise, c'est un échec complet !

« Bonsoir.

— Bonsoir.

— Vous montez ? »

Des jambes en collant m'interpellent, cadeau dans du papier de soie. Je vais déballer tout ça, rapidement tu peux me croire, peut-être même dans l'ascenseur ou les escaliers. Les jambes en collant palpitent, elles attendent que mes mains expertes les dépiautent comme on déshabille les crevettes charnues avant de les déguster.

« Coucou, pardon j'ai tardé, t'es pas fâché au moins ? » Françoise boutonne son manteau, les jambes en collant sont évincées. Fâché ? Non, Françoise, je ne suis pas fâché, je suis hors de moi, ton parfum bas de gamme et ton allure bobonne me désespèrent. Vingt minutes d'attente et pas de jupe fendue pour me récompenser, pas de charme foudroyant, de fraîcheur incandescente ?

« On va où ? » elle dit en se dirigeant vers la rue. Nulle part, ma pauvre Françoise, moi je rejoins le papier de soie.

« Où tu veux », je réponds. Elle marche à mon rythme, accrochée à ma manche.

« T'as l'air bougon. » Elle touche ma joue avec son index pour recréer un lien. Tout à fait le genre à saliver sur le bout de ses doigts pour enlever une tache.

« Non je ne suis pas bougon, et non je ne suis pas fâché, Françoise, les femmes et leurs mystères… » Elle rit.

« Tu parles d'un mystère, j'ai voulu couper l'étiquette de ma jupe toute neuve et ça a filoché. J'ai coupé les petits fils, tu sais, et la couture a complètement sauté. J'ai dû me changer en vitesse, mais je ne trouvais rien d'autre qui aille avec le haut, résultat j'ai dû changer de haut aussi. » J'entrevois Françoise avec ses ciseaux, sa maladresse, sa déception.

« J'ai une faim de loup, elle dit.

— C'était pour moi la nouvelle jupe ? » je demande malgré moi. Elle rosit « bien sûr que c'était pour toi, pour qui d'autre ? Pour toi, pour nous, pour notre premier dîner ! Brrr… Il fait un froid… »

Elle s'enroule un peu plus à mon bras. C'est drôle une femme quand même, c'est surprenant.

Vingt minutes après tout, qu'est-ce que c'est ? C'est pas si long, c'est pas grand-chose, c'est presque rien… Françoise est désarmante, ça mérite bien du vin blanc, du foie gras, et des fruits de mer.

« C'est pour deux ? Veuillez me suivre. »

Le serveur fait des grands gestes théâtraux, reste à ta place, Petit, ce soir ce n'est pas toi la vedette.

« Si Madame me permet. » Madame permet apparemment, il lui ôte sa mue d'hiver.

« Si Madame me permet. » Madame permet encore, il tire la chaise, l'invite à s'asseoir, l'installe et lui confie la carte.

« Si vous me le permettez, messieurs dames », ah voilà que j'existe de nouveau.

« Nous avons en entrée des saint-jacques braisées dans leur coulis de fruits rouges, suivies de ballottines de lotte au lard fumé sur lit de petits légumes de saison, et en dessert, notre croustillant meringué et sa boule de vanille. »

Les grands gestes se retirent enfin pour nous permettre de délibérer. Françoise est ravie, elle se sent importante, deux courbettes, et emballé c'est pesé. Les femmes se suffisent d'un rien. Qu'il semble médiocre avec sa politesse désuète calquée sur une autre époque. Si je puis me permettre, je me permets de. Depuis quand ne met-on plus de chaînes aux esclaves ?

« Je ne sais pas quoi choisir, y a tellement de choix », Françoise regarde aux tables alentour pour s'inspirer : salade chèvre chaud pour les plus audacieuses, salade verte pour les plus raisonnables. Françoise aimerait déroger à cette règle féminine qui consiste à demander le minimum par bonne conscience, et piocher allègrement dans le plat de son conjoint. Elle déplie la serviette, touche les couverts, remue sans cesse, sa peau du cou est lâche, fripée comme du crépon, Françoise m'avait caché ça. Elle se met à décrire ce qu'elle voit pour attirer l'attention, « derrière toi, le tableau en relief, c'est un cheval, tu as vu, on a l'impression qu'il sort vraiment du tableau ! Et la tapisserie, tu as vu, c'est chic ! » Oui je vois, Françoise, et je vois surtout à quel point je rêverais que tu sois discrète, je rêverais que tu sois tellement discrète que tu disparaisses. Ils te regardent, Françoise, tout le monde te regarde, c'est ce que tu souhaites, moi non. Ils commentent, jugent, s'esclaffent. Tu as des réflexions pauvres, Françoise, assorties à tes manières, au tissu de tes vêtements.

Près du paravent chinois, le couple ne prononce pas un mot depuis un long moment maintenant. Au début la femme a constaté à trois reprises que la viande était trop bleue et les frites trop blanches, le mari a acquiescé, il a continué malgré tout à alterner les patates, le bœuf, le rouge, imperturbable. Elle a ajouté « ce n'est pas mauvais mauvais, mais tout de même depuis le temps qu'on vient ».

Le poids des années se lit sur ses lobes d'oreilles distendus, un peu plus ils frôleraient ses épaules, ils se balancent au rythme de la mastication, il n'y a que moi pour m'en rendre compte, le mari a les yeux dans son assiette. Les enfants ont grandi, ont quitté la maison, il ne leur reste plus que la viande trop bleue, les frites trop blanches et leurs mains mouchetées qui se frôlent, dans la corbeille à pain.

Crachez les frites trop blanches, jetez la viande trop bleue. J'entends la pelle qui creuse, les cloches qui retentissent, les voix qui prient. J'entends la pelle qui creuse et qui recreuse encore, les cloches, j'entends les cloches qui retentissent, les voix, j'entends les voix qui prient. On recouvre les corps au fond. Le corps. Un corps. La pelle, les cloches, les voix se trompent, c'est moi qu'on enterre.

« C'est chouette d'être là hein ? C'est vraiment chouette ! »

Chouette y a pas d'autres mots, Françoise, vocabulaire pauvre pour être assorti au reste.

Sous le miroir biseauté, une frange brune boit un Coca, elle mordille une paille, et joue avec une rondelle de citron. C'est une comme ça que je veux moi, un minois qui donne envie d'avenir. Elle picore dans son assiette du bout de ses doigts agiles, je veux bien être picoré aussi.

« Ravioles ricotta-roquette avec beaucoup de parmesan pour la dame et pour le monsieur ce sera ? » Grands-gestes est de retour, avec sa voix aigre et sa diction exagérée.

« Pareil, je réponds.

— Et voici, la carte des vins ! » Il annonce, comme s'il s'agissait d'une bonne nouvelle. Un Coca avec une paille et une rondelle de citron pour jouer, c'est ça que je veux moi, et au bout de la paille, une frange brune qui la mordille. « Nous vous recommandons le cabernet-sauvignon.

— Voilà parfait », je dis.

Grands-gestes est satisfait, il aura peut-être une prime.

Manger la même chose, c'est partager les goûts, partager les goûts, c'est partager une intimité. Françoise a déjà le teint rouge, la timidité a bon dos, elle frétille, minaude, ses sous-entendus m'entraînent dans sa chambre, elle essayera de me durcir à tout prix et si ça ne marche pas, elle poussera ma tête tout en bas pour que ma langue fasse le travail.

J'aurais dû prendre du poulet.

La Frange à la paille se fait remonter les bretelles par son frère, son mari, son père, qu'importe. Je te défendrai contre tous, ma belle, même si tu as tort.

« On n'a pas trinqué au fait, allez on trinque ! »

Françoise ne me laisse pas respirer. Elle ressemble à une vieille pêche. Combien de vers la parcourent déjà ? Françoise, ah Françoise, je n'ai pas l'esprit de sacrifice et je n'ai jamais aimé les pêches.

La Frange à la paille se lève. Ne pars pas, ma belle, attends-moi, j'ai tant à offrir.

Mme Gros-Yeux ouvre la porte « c'est bien, vous vous décidez enfin à venir, si c'est pas malheureux ! » Elle me bloque dans l'entrée, je dois écouter ses quatre vérités pour une fois, c'est ce qu'elle dit.

Je baisse pieusement la tête.

Blablabla votre mère blablabla quand même blablabla pas le bout du monde blablabla votre mère blablabla quand même blablabla pas le bout du monde, Mme Gros-Yeux radote avec ses grands airs. Ne serait-elle pas un brin vulgaire vitriolée aux UV comme un pruneau ? Ouhou, madame Gros-Yeux ? Ne vous a-t-on jamais appris qu'il faut mettre de l'écran total indice 50 et ne pas s'exposer au soleil entre midi et 16 heures, sinon on développe des cancers, vous ne voudriez pas vous délester de ses superbes cheveux filasse affreusement permanentés, n'est-ce pas ?

« Vous allez faire un effort hein ? Ne me la mettez pas dans tous ses états pour une fois ! Attendez ici – elle dit –, Madame Gérault ? Votre fils est là ! » Elle s'égosille.

« Qui ça ? » grésille Mémé, personne ne lui rend visite à la vieille, à part son fils, mais qui veut-elle donc que ce soit ?

Je suis debout, dans l'entrée, comme un étranger. Je les entends parlementer. Oui, pour recevoir un fils, il y a un protocole à respecter, elles sont en pourparler, qui gagnera le débat, grande question.

Sur le portemanteau un gilet sans forme usé en laine qui gratte, il n'a pas bougé depuis cent ans, la crasse le rend cartonneux. Ça sent le vieux, tout sent le vieux, le papier peint jauni se décolle, le lino aussi, l'halogène crépite, une mite doit rôtir.

« Vous pouvez y aller. » Mme Blabla m'indique le chemin, c'est vrai qu'il vaut mieux être guidé dans ce coupe-gorge.

En chemise de nuit violine, elle est allongée comme une momie, visage vers le plafond, paumes contre le lit. « C'est toi ? » Elle miaule. Je vais avoir droit à ses reproches, ceux de Mme Blabla n'ont pas suffi. « Ne reste pas planté, viens t'asseoir. » Elle tapote le couvre-lit à côté de sa cuisse.

Le fauteuil, où est passé le fauteuil, une chaise, un tabouret, un coffre à jouets, n'importe, respecter une zone de sécurité, ne pas céder. Mme Gros-Yeux s'empare de l'aspirateur, c'est le moment de le passer dans le couloir, devant la chambre. Mémé a une voix tellement faible, Mémé a une ouïe tellement défaillante, Mémé est tellement tellement malade. Rapprocher ma bouche de son oreille, mon oreille de sa bouche, asseoir mes fesses à côté de ses cuisses, plonger dans son haleine, dans son odeur poussiéreuse.

Je te ferai incinérer Mémé, je ferai une tarte aux cendres et c'est Mme Gros-Yeux qui la mangera.

« Tu viens si peu, pourquoi tu viens si peu, tu n'aimes pas ta mère ? »

Un deux. Reniflement. « Tu n'aimes pas ta mère ! » Un deux. Mouchoir.

Je ne veux pas qu'elle pleure, elle sait si bien le faire que j'y crois. Elle ne me regarde pas, les yeux fixes, grands ouverts pour appeler les larmes, il faut que ça coule longtemps, très longtemps, c'est important pour sa mise en scène.

« Maman, je t'en prie, pas aujourd'hui, je n'ai pas le courage.

— Le courage ? » Elle s'insurge. « Il te faut du courage pour consoler ta mère ? »

Sa voix se brise, les larmes montent montent, victoire !

« J'aurais été Maria Callas si tu n'étais pas né, Maria Callas, tu entends ?

— Oui, Maman, je sais.

— Tu ne sais rien du tout, elle sanglote, rien du tout ! J'ai tout arrêté pour toi, pour que tu grandisses bien, que tu sois heureux, regarde ce que tu me fais, tu me fais pleurer, ce n'est pas la peine de venir si c'est pour me faire pleurer.

— D'accord, je ne viendrai plus alors.

— Que tu es méchant, gémit-elle, méchant comme ton père. »

Elle retient ma main pour que je ne puisse pas me lever. « Pardon, pardon », elle dit.

Phase 1, phase du pardon, dans quelques secondes ses mots vont me piéger, « Viens viens, mon Cœur », elle dit, phase 2, elle dit mon Cœur. Elle m'ouvre ses bras et colle ma tête contre sa poitrine pointue. Ses doigts sur ma figure, son souffle sur mon crâne. Je ne me débats pas, elle serrerait plus fort.

« Tu m'aurais vu, mon Cœur, je subjuguais les foules. » La phase 3 débute. Elle et sa jeunesse, elle et son charme, elle et les hommes, elle et les hommes, elle et les hommes, elle dans toute sa splendeur. Admirez la grande, l'immense, la sublime Évelyne Gérault ! Elle était adulée, elle l'assure, le jure, mais il n'y a plus qu'elle pour en témoigner. « Les prétendants se pressaient autour de moi, comme des abeilles sur un pot de miel, ton père était fou de jalousie, il avait peur que je le quitte. » Mémé peut croire ce qu'elle veut, c'est lui qui a fini par la quitter un jeudi d'automne, parti comme un voleur, sous les roues d'une voiture, et depuis, envolés les prétendants, les abeilles et le pot de miel, à croire qu'ils tiennent chaud à mon père sous la fange. Ils ont choisi leur camp.

« Ah ça ! À ton âge et toujours seul, c'est pas à moi que ça serait arrivé ! Raconte à ta mère, mon Cœur – elle susurre –, tu as une petite amoureuse ? » Ma joue contre ses seins pointus, ses doigts partout sur mon crâne, son haleine partout qui s'infiltre « dis-moi que tu en as une, mon Cœur, une petite femme qui t'aime et qui prend soin de toi, que je ne m'inquiète plus et que je puisse partir en paix ».

Partir en paix, si je dis oui, tiendra-t-elle parole?

« Oui, Maman », je réponds, ses mains se raidissent, sa respiration ralentit, honorerait-elle sa promesse sur-le-champ?

« Je veux la voir, comment elle s'appelle? – je n'en ai pas la moindre idée, faut-il que j'invente encore? – je ne serai tranquille que quand je saurai que tu es heureux avec elle.

— Je suis heureux, Maman. »

Elle serre mon visage plus fort « je crois que ce que je vois, on va organiser un repas, un bon repas, qu'est-ce qu'elle préfère? »

Faut-il que j'invente encore?

« Des pâtes », je dis. N'importe qui aime les pâtes.

« Ah! dit Maman, des pâtes à quoi? Quelle forme de pâtes?

— On en reparlera, Maman, je dois m'en aller.

— Elle t'attend? Appelle-la, dis-lui de venir tout de suite, je veux la rencontrer. »

Je me dégage d'elle.

« Bientôt, Maman, ce soir on a quelque chose de prévu. »

Je n'arrête plus de mentir.

« Emmène-moi, elle dit, je mettrai mon chapeau rose et ma voilette, emmène-moi! – elle se relève d'un bond –, Marie-Ange, aidez-moi, ce soir, je sors! »

Mme Gros-Yeux apparaît interdite sur le seuil de la chambre « le dîner est déjà prêt, la table est mise.

— Ce sera pour demain – Mémé virevolte –, où est ma voilette, je vais mettre ma voilette!

— Maman, ne te fatigue pas, il est tard, une prochaine fois, ce sera mieux. »

Mémé ne virevolte plus, elle devient grise.

« Tu ne veux pas de moi c'est ça ? – ses bronches s'encombrent –, quand il y a des bonnes nouvelles, tu les gardes pour toi, hein ? On ne partage pas le bonheur avec sa mère, elle risquerait d'être heureuse ! » Mémé se jette à plat ventre sur le lit. « Méchant comme son père – elle sanglote –, quand il était avec Amélie au moins… Moi je l'aimais cette fille, elle était comme ma fille, il y a pensé ? Il ne pense qu'à lui, qu'à lui, comme son égoïste de père. »

Amélie au soleil, Amélie qui se baigne, Amélie qui rit. Les placards vides, ses valises pleines. Amélie disparaît.

« Maman, Maman », je dis. Mme Gros-Yeux m'interrompt « ça suffit, c'est toujours le même cirque ! » Elle frictionne le dos de Mémé « allez allez on se calme, madame Gérault, allez allez, on va dîner toutes les deux, et on va regarder un film, d'accord ? Un beau film avec Marlene Dietrich.

— Non, pas Marlene Dietrich, gémit Mémé, je devais être elle, je devais me marier avec Gabin en Amérique, si je ne l'avais pas eu, lui, elle dit en me pointant de son index osseux.

— On sait, on sait », dit Mme Gros-Yeux en me faisant signe de partir.

Ses sanglots me suivent hors de la chambre encore, dans le couloir, me poursuivent jusqu'à l'ascenseur, dans la rue encore, me traquent jusqu'à chez moi.

Un dimanche, parmi les dimanches.

Allongé comme une momie, visage vers le plafond, paumes contre le couvre-lit, ma peau sent encore son haleine.

Je la reconnaîtrais entre mille.

Qu'elle est jolie avec ses ongles parfaitement colorés aujourd'hui. Qu'elle est jolie avec son visage plein et ses sourcils dessinés.

« Tu peux m'aider, j'arrive pas ! – Heinchérie sur la pointe des pieds tente d'attraper du riz sauvage quatre étoiles –, je devais faire les courses, j'ai pensé qu'un peu de marche me ferait du bien, et que j'en profiterais pour te faire coucou. » Heinchérie remplit son panier sans me regarder.

Qu'elle est jolie avec son rouge à lèvres mordillée et sa bouche entrouverte. Accepterait-elle que je la déconcentre un instant pour un café ou autre chose ?

« J'allais prendre ma pause, je dis.

— Ah je me dépêche alors, je ne veux pas te retarder, encore des tomates confites s'il y en a et j'ai fini ! »

Qu'elle est jolie avec ses cheveux qui sautillent.

« Je enfin la pause c'est…

— Je comprends, Gérault, tu ouvres tôt en plus, tu

dois être crevé », elle sourit. Qu'elle est jolie avec ses dents écartées.

« On dîne avec des amis ! » elle dit.

Des amis ? Je ne fais donc pas partie des amis ? Je ne suis donc pas un ami ? On me laisse sur le bord de la route ? Je ne suis plus que l'épicier, Monsieur B. aux genoux pochés, le pauvre camarade de classe d'antan qu'on évite de mélanger aux relations du présent, parce qu'il ferait trop honte.

« D'ailleurs tu peux venir, on sera quatre ou cinq pas plus, ce sera une soirée très simple. »

Simple elle dit, simple comme toi petit épicier, simple comme toi petit homme du peuple.

« Jean-Yves serait très content ! » Jean-Yves serait content ? Mais toi, Heinchérie, tu serais contente toi ?

« Combien je te dois ? Je te propose ça à la dernière minute, Gérault, tu as certainement mieux à faire ! »

Mieux à faire que te voir, te respirer, t'écouter ? Non, Heinchérie, rien de mieux, mais Gérault n'accourt pas quand on le siffle, Gérault n'est pas à disposition, Gérault est occupé, très occupé, on le sollicite de toute part. Ne pas se donner, provoquer le manque, aiguiser le désir.

Et puis te revoir, Heinchérie, en société, nécessite des répétitions, du travail. Il faut passer en revue les sujets à la mode, avoir à sa portée quelques arguments pertinents, un avis à tort à travers. Voir deux trois films ou avoir lu au moins leurs critiques, acheter un costume neuf, un bouquet, perdre du poids.

« Ça va être compliqué. » Je note n'importe quoi sur un Post-it pour éviter ses yeux.

« Une autre fois alors – rebondit-elle –, à bientôt d'accord ? »

À bientôt quand, à bientôt tout de suite ? Ne pars pas, Heinchérie, je t'en prie, j'ai des choses à te dire.

« On se fait la bise quand même, Monsieur le patron derrière son comptoir ? » Elle rit encore.

Quel imbécile je suis, ne pars pas, Heinchérie, je t'en prie, j'ai des choses à te dire. Je contourne la planche en bois, ne surtout pas accrocher le tissu de mon pantalon, ce serait ridicule.

Je perçois une résistance, « attention », elle dit. Le velours est pris au piège. Je suis ridicule.

« C'est drôlement dangereux, y a plein d'échardes, oh y a un accroc maintenant. » Heinchérie s'accroupit devant moi, elle touche ma jambe, elle est accroupie devant moi, à ma portée, et elle touche ma jambe, arrête, Heinchérie, arrête je ne me contiendrai pas longtemps.

« Je vais te le réparer, je l'ai fait des millions de fois, Jean-Yves a le don de saccager toutes ses fringues, viens ce soir, ou quand tu veux d'ailleurs, je recouds ça en moins de deux ! »

Ses mains me parcourent. Qu'elles sont exquises ses mains, si seulement il n'y avait pas de tissu entre nous. Heinchérie reprend ses esprits, moi non. Elle se dirige vers la porte, a-t-elle deviné ce qui se dressait impatient, juste au-dessus de ses doigts ?

« Improvise, Gérault, même à la dernière minute, ça ne nous gênera pas. »

Le « nous » me rejette. Elle ne s'apprêtera donc pas plus, que je vienne ou non, elle me convie comme on invite sa mère, une sœur, une copine. Mais tremblera-t-elle un peu, si je l'accompagne en cuisine, si je la contemple, si je la complimente ? Balbutiera-t-elle un peu, si mon pied rencontre le sien sous la table ? Ne regrettera-t-elle pas de ne pas avoir préparé ma venue, afin de trouver une parade à son émotion, un rempart à son émoi ?

« Ah et tu peux venir accompagné bien sûr ! » elle me transperce.

Son ton anodin trahit son indifférence à mon égard. Non, elle ne regrettera pas de ne pas avoir préparé ma venue, elle n'aura pas d'émotion, aucun émoi. Heinchérie m'offre des monsieur-le-patron, et papillonne des cils, mais rien ne la fera dévier de ses préoccupations médiocres de bourgeoise cuisant son riz sauvage quatre étoiles.

Ça n'aurait pas été plus simple que je t'enlace dans l'arrière-boutique, Heinchérie ? Ça n'aurait pas été plus simple que tu viennes sans prétexte, et que ton audace tiède ne se cantonne pas à un stupide accroc sur ma jambe, mais te pousse à t'aventurer plus haut, plus haut ? Ça n'aurait pas été plus simple, Heinchérie, que tu comprennes sans que je doive expliquer ? On n'aurait pas été plus exaltés, si tu avais eu le courage d'ôter tes œillères ?

« À très vite, Gérault, je rejoins Jean-Yves, il a pris sa journée pour m'emmener déjeuner au bord de la mer, on fait un aller-retour, j'en rêvais ! Je suis sûre que la femme que tu aimeras, Gérault, aura autant de chance que moi avec Jean-Yves, vous êtes de la même veine tous les deux, je sens ces choses-là ! »

Tu sens ces choses-là, comme c'est intéressant, et tu sens que ta légèreté me fait souffrir, Heinchérie ? Les femmes sont inconséquentes. Elles font semblant. Têtes de linottes exemplaires, ah bon je te plais ? Ah bon tu m'aimes ? Ah bon tu bandes ? Toujours aux hommes de faire le sale boulot, d'essuyer les claques, les insultes, les reproches, et les femmes se dandinent, encore et encore à tout-va. Vie de chien. C'est Étienne qui a raison de les sauter une par une, elles ne valent pas mieux. Toutes dans le même sac avec leur air faussement mutin.

« J'ai oublié de te donner un truc, Gérault – Heinchérie revient sur ses pas, elle cherche dans son cabas –, on parlait d'un film la dernière fois avec Dimitri, tu ne l'avais pas vu, je crois, c'est un film génial, tiens ! » Elle me tend un DVD, « garde-le tant que tu veux, garde-le tout court même, je le rachèterai ! Bon, allez cette fois, je me sauve ! » Elle m'envoie un bisou sonore en l'air.

Monsieur B. est perplexe. Il ne bouge pas. Seul son cœur palpite palpite palpite. J'adorerai le film si tu l'adores, Heinchérie, je mangerai les tomates confites même si elles baignent dans l'huile, ma douce, je dévorerai ton riz sauvage même s'il est collant, mon ange, je t'emmènerai à la mer, même si j'ai peur de l'eau. C'est toi que je veux,

Heinchérie, toi et tes manières, ton rire, tes ongles, ta légèreté, ton inconséquence. Étienne se trompe, il ne suffit pas d'avoir une érection pour être heureux.

« C'est super que tu sois venu, Gé, en plus c'est moi qui cuisine, ça te changera de tes dîners chez les bourges ! »

Étienne a un bébé recroquevillé contre lui. Il referme la porte d'entrée. « Quand mes beaux-parents sont de passage, je leur en mets plein la vue ! Tu peux le prendre, Gé ? » Pas le temps de retirer mon manteau, le bébé trouve place sur son nouveau trône. Sa tête roule sur mon avant-bras, il est mou comme un coussin, ce gosse, c'est normal ? Sa minuscule bouche brille de bave. On a le droit de marcher avec un bébé dans les bras ? On a le droit de s'asseoir ?

Étienne crie « Gé, viens, reste pas dans le couloir », il s'affaire en cuisine, un torchon coincé dans la poche arrière de son jean.

« Tu peux aider Émile pour son exo de maths ? Je nage là ! »

Émile ? Qui est Émile ? Porter un bébé ne suffit donc pas ? On m'impose un autre enfant, plus un exercice de maths ?

Un gamin plein de taches de rousseur est avachi sur la table en formica « j'comprends rien, j'comprends rien », il geint en suçotant son stylo.

C'est ce stylo suçoté que je devrais toucher pour résoudre son problème ?

« Au fait, Gé, t'as demandé à ton patron pour moi ? Ninja me tape sur les nerfs en ce moment, c'est plus un crédit qu'il nous faut, mais un miracle ! »

Non, Étienne, je suis désolé. J'ai essayé, Étienne, mais. Voilà Étienne justement.

Taches-de-rousseur m'observe. Ne jamais dire la vérité devant un enfant.

« Oui j'ai…

— C'est vrai ? T'as demandé ? T'es un frère, Gé ! Ninja pensait que tu ne le ferais pas ! »

Haute estime de moi la Jeannine, qu'elle retourne pondre ses mômes au lieu de donner son avis.

« Je t'ai promis de le faire, je l'ai fait, c'est normal, Étienne. » Taches-de-rousseur ne me regarde plus.

Mentir devient quotidien, c'est tellement plus simple que de décevoir.

« Il a dit quoi alors ? »

Chercher une phrase qui ne signifie rien, aussi nébuleuse que c'est pas facile, c'est compliqué, ah la vie !

« Il doit réfléchir, je réponds.

— Et c'est bon signe ou non, Gé ?

— Je ne suis pas devin, Étienne, j'ai fait mon possible, c'est à lui de prendre la décision, on verra d'accord ? »

Étienne dit d'accord.

Taches-de-rousseur mâchouille le bouchon maintenant « j'arrive pas, j'comprends rien, ça sert à rien ». Étienne poivre et repoivre le poulet.

« Si tu es fort en maths, tu deviendras comme Gérault, tu aimerais devenir comme Gérault hein ? »

Étienne me donne en pâture, ne réponds pas, gamin, on ne parle pas la bouche pleine, sois délicat ne réponds pas. Le môme émet un bruit de bande dessinée mruf, ou grempf quelque chose comme ça. Bébé fait des bulles, il se tortille. Je vais le lâcher. On a le droit de le poser quelque part ? Dans un plat à gratin par exemple ?

« Gé, reste pas dans mes pattes, assis-toi ! »

Étienne en bon père de famille au four et au moulin, quelle blague ! Mes mensonges à côté font pâle figure.

Taches-de-rousseur lit l'énoncé du problème sans aucune ponctuation avec le stylo coincé entre sa joue et ses dents.

Si une baignoire se remplit de 10 cl toutes les quinze minutes et que Sandrine souhaite prendre son bain avant de se rendre à un rendez-vous galant à 20 h 10 qu'il lui faut quarante-cinq minutes pour s'y rendre en voiture mais qu'elle doive s'arrêter une fois sur la route pour faire le plein d'essence si son amoureux ne supporte pas le retard et qu'il vaut mieux qu'elle arrive cinq minutes en avance surtout qu'elle aime bien se repoudrer le nez dans le rétroviseur à quelle heure doit-elle commencer à faire couler l'eau sachant que le ballon d'eau chaude est moitié vide à cause de sa mère qui a pris une douche avant.

Émile bâille, Étienne chantonne, bébé continue de faire des bulles.

J'aurais dû aller chez Heinchérie, j'ai improvisé, Heinchérie, tu es heureuse ? Elle aurait dit oui je suis heureuse, et m'aurait remercié d'être là, elle n'aurait pas eu hâte de rejoindre les autres invités au salon, et m'aurait fait la bise plusieurs fois jusqu'à ce que ses lèvres dérapent sur les miennes, et on serait resté longtemps longtemps comme ça.

« Émile, fais un effort, 2 + 3, ça fait combien ? »

Émile réfléchit dix minutes, fait tomber quatre fois son stylo, le remet neuf fois dans sa bouche, se lève et se rassoit onze fois, à raison de quinze devoirs bâclés par semaine sur une période de douze ans saura-t-il un jour faire autre chose que geindre ?

« Cinq.

— Bon alors tu vois bien que tu y arrives ! Gé, tu t'en sors avec Emma ? »

C'est qui Emma ? Ça doit être le truc qui babille dans mes bras.

« Mais qu'est-ce qu'elle est calme c'est fou, Chaton, viens voir, Chaton ! » Étienne hurle pour que Jeannine ne rate pas ce spectacle extraordinaire du gros Gérault qui pouponne. Jeannine apparaît, jupe ample matière-rideau et chaussons en faux mouton.

« Oh, Gé, t'es là, c'est super que tu sois venu. Mais c'est vrai qu'elle est calme ma Puce, mais oui, mais oui, c'est qui la Pupuce de maman, c'est qui la Pupuce, oh oui, tu souris, bah oui, ma Puce, ma petite Pupuce. »

À raison de ce déferlement quotidien de phrases niaises à l'intention de ce bébé, à quel âge parviendra-t-il à s'exprimer correctement ?

Elle ébouriffe les cheveux d'Émile, « ça va, Poussin ? » et s'adresse à Étienne, « Chat, t'as rien mis de piquant hein ? »

La ménagerie est réunie. Je pensais avoir été convié à un dîner familial, je suis dans un zoo.

« Hein, Chat ? Rassure-moi, tu n'as pas mis d'épices, tu te rappelles que Papa ne supporte pas hein ? »

Les yeux d'Étienne m'impliquent, chut pas un mot, Gé, sept tours de moulin à poivre, c'est pas la mer à boire, il n'en mourra pas le vieux.

« Non t'inquiète, Chaton, tout est sous contrôle ! »

L'aplomb d'Étienne est un exemple. J'ai tant à apprendre de lui.

« Et 2 × 5, ça fait combien, Émile ? »

Jeannine est toujours penchée sur moi, elle susurre sans répit ses mièvreries à sa Pupuce. Je ne suis qu'un meuble de plus dans la cuisine, un meuble qui respire. Elle m'offre l'odeur impudique de sa peau, il n'y a que moi que ça dérange.

« Je vais préparer le biberon, tu me la gardes encore un peu, Gé ? » Jeannine a déjà le dos tourné, une, deux, trois cuillères et demie de farine infâme au fond d'un cylindre en plastique calcaire, à raison de six mixtures de ce genre par jour, en combien d'années Pupuce pardonnera à ses parents de lui avoir infligé un tel calvaire ?

« Et si tu enlèves 45 à 60 ? »

Émile se tord sur sa chaise « j'comprends rien, j'comprends rien ». Quelle poisse ces mômes !

« Compte sur tes doigts, Émile, avec les dizaines et les unités, comme à l'école.

— Mais je suis pas à l'école ! » voilà le gosse qui chiale. Que ce ne soit pas contagieux et que le bébé ne s'y mette pas aussi, sinon plat à gratin thermostat 4 pour les deux, et on enfourne.

« Bon tu feras ça plus tard », dit Jeannine fermement, cahier et livre de maths dans le cartable, stylo baveux dans la trousse.

Bonne éducation, bravo ! Émile est ravi, il gambade.

« J'peux regarder la télé ?

— Oui, Poussin, juste vingt minutes ! » La mère fait preuve d'autorité, elle impose les limites comme personne. Pupuce m'est enlevée, je vais enfin pouvoir retirer mon pardessus glaireux.

Dans l'entrée face au placard ouvert où les cintres attendent d'accueillir mon manteau, des murmures me surprennent.

« Il a parlé à son patron, tu vois, Chaton, j'avais raison

– Étienne se vante, il a un ami en or, il l'a toujours dit –, avec un peu de chance, j'ai un boulot d'ici peu. »

Je déglutis. Le placard est toujours ouvert, les cintres attendent toujours.

Jeannine soupire « espérons, Chat, espérons ».

Si je fermais la porte du placard, et que j'ouvrais celle de l'entrée, si je partais immédiatement retrouver Heinchérie, si je n'attendais pas que sa bise dérape, et que j'apposais mes lèvres contre les siennes, comme un cachet à la cire, une estampille indélébile pour me laver de ce que je suis.

Quelque chose de chaud et tendre attrape mes premières phalanges, « tu viens, y a Bob, Sulli et Bouh à la télé ! – Taches-de-rousseur me tient fort la main –, allez viens, tu vas voir, il a qu'un œil c'est trop marrant ! »

Je me laisse guider par lui, mon manteau à demi enlevé traîne derrière moi. Le poulet trop poivré sera bientôt prêt, Jeannine couche la petite, Étienne déplie la nappe, les beaux-parents ne vont plus tarder. C'est donc ça le pouvoir du mensonge, être aimé, même si on ne le mérite pas.

Taches-de-rousseur glapit dès que son personnage préféré arrive « c'est lui c'est lui ». Il remue dans tous les sens, couché d'un côté, de l'autre, assis par terre, sur le canapé, les pieds en l'air, chaussettes Oui-Oui écrasées contre mon épaule, ma cuisse, mon ventre. Attention, gamin.

« C'est lui c'est lui », assis couché debout, le jeune chien fou ne se soumet plus aux ordres, assis couché debout, il n'en fait qu'à sa tête. Jacques-a-dit on se tient tranquille, Jacques-a-dit on ne colle pas ses orteils sous le nez du monsieur, Jacques-a-dit roi du silence, « c'est lui c'est lui », Jacques-a-dit on ne crie pas dans l'oreille du monsieur.

« T'as vu, t'as vu ? – il interroge sans cesse –, c'est bien hein ? » Oui, gamin, c'est formidable, un monstre en fourrure bleue, un cyclope vert, une petite fille capricieuse, c'est un chef-d'œuvre. À quel âge l'enthousiasme disparaît ? À quel moment précis se transforme-t-on en monsieur B. ?

Taches-de-rousseur est inquiet, il connaît l'histoire par cœur, pourtant le suspens l'étreint comme la première fois. Si jamais le film avait été modifié à son insu, et que les deux meilleurs amis fâchés au début ne se réconciliaient plus jamais ?

« T'as vu ? T'as vu ? » je n'ai pas intérêt à en perdre une miette, Taches-de-rousseur me traque, j'essaye de ne pas cligner des yeux quand le gosse me regarde, il m'en voudrait.

« Ah si seulement, tu étais autant impliqué pour tes devoirs que pour t'abrutir devant des âneries », m'aurait asséné Mémé à son âge, et ma ferveur aurait été hachée menue comme mes testicules.

Si tu étais autant impliqué pour faire ta toilette que pour caresser le cocker de la voisine, si tu étais aussi doué en sport que pour ronger tes ongles, si tu étais autant réactif quand ton père te demande quelque chose, que quand c'est moi.

Mon premier compare l'incomparable, mon deuxième inocule la honte et mon troisième réduit son fils au désespoir, mon tout est un fléau. Qui suis-je ?

« Poussin, viens manger !

— Pas tout de suite pas tout de suite ! » trépigne le môme.

Jeannine et son éducation sévère rendent immédiatement les armes, elles s'en remettent au mari qui saura certainement mieux s'y prendre qu'elles.

Étienne, stratège émérite, apporte donc l'assiette jambon-purée directement à son garçon chéri.

« J'ai pas faim, dit le gosse qui dévore les images.

— Quelques bouchées, Poussin, pour faire plaisir à Papa... »

Émile larmoie « seulement s'il reste avec moi », chantage en me désignant.

« Tu as un nouvel ami, Gé ! Mon fils t'adore ! Hein, Poussin, tu l'adores ? »

Taches-de-rousseur ne répond pas, il sautille exalté devant l'écran, « il va trouver le coffre, il va trouver le coffre !

— Ah, les enfants ! dit Étienne, Poussin tu regardes le dessin animé, mais tu manges comme il faut, hein ? »

Taches-de-rousseur s'en fiche éperdument.

« Nous on va rejoindre Papi et Mamie, d'accord ? »

D'accord ou non, le mômc nc s'apercevra même pas qu'on quitte la pièce, dix secondes plus tard il ne se souviendra même plus que j'existe, la purée sera compacte, la tranche de jambon sera dure, « c'est pas bon », se plaindra-t-il, et il ne touchera à rien.

« Bah oui, ça a refroidi maintenant, c'est toujours pareil ! » répondra son père ou sa mère, jetant le tout dans la grande poubelle argentée de la cuisine.

« Prends un dessert, Poussin, que tu n'aies pas le ventre vide pour dormir », le môme se ruera sur une mousse chocolat-chantilly.

« Un fruit ce serait mieux, Poussin, une banane par exemple, tu aimes les bananes après la piscine », les bananes bruniront, à l'abandon dans le frigo, le môme sera déjà loin, empreintes de doigts gras partout sur les murs.

« Ah, les enfants » répétera Étienne ou Jeannine sur le même ton admiratif, un ah les enfants de délectation, de fierté.

« Il mange un peu trop de sucre en ce moment, faut

faire gaffe, Chat ! » dira Jeannine à Étienne ou Étienne à Jeannine pour se donner bonne conscience, mais ils continueront inlassablement de remplir leur Caddie de mousses au chocolat, de Kinder Surprise, de Nutella et de brioches. « Les enfants en raffolent, pourquoi les priver d'un tel bonheur ? »

Et malgré cette enfance princière de môme gâté, Taches-de-rousseur trouvera quand même le moyen de les assaillir de reproches en grandissant.

Étienne pose l'assiette sur la table basse « je te fais confiance, Émile, hein ? »

Confiance ou non, Taches-de-rousseur s'en fiche toujours.

« Allez viens, Gé, je te présente mes beaux-parents, tu veux boire quoi ? »

Le môme ne se retourne pas, dans dix secondes, il ne se souviendra vraiment plus que j'existe. Moins fidèle qu'un chien, ce gosse. Ça ne valait pas le coup de s'attacher.

Une Jeannine en plus maigre me salue. Un énorme grain de beauté pèse sur sa lèvre supérieure, espérons qu'elle ne passe pas sa langue dessus ou qu'elle ne le triture pas entre le plat et le dessert. Texture spongieuse, diamètre de sept millimètres, volume variable selon les saisons, il se rétracte en hiver, s'épanouit en été. Apportez-moi un compas, je le percerai avec la pointe en fer, et je dessinerai le pourtour avec la mine charbonneuse. Peut-être qu'une substance s'écoulera, sorte de résine opaque qui contaminera le reste du visage. Qu'on m'apporte mes gants chirurgicaux et ma tenue d'apiculteur, je vais procéder à l'extraction. Sa bouche fuchsia en a marre que l'on n'ait d'attention que pour l'intrus qui l'ombrage, elle se pare de couleurs vives, mais le noiraud granuleux vole systématiquement la vedette.

« C'est Gérault, Maman, il bossait avec Étienne. » La bouche fuchsia s'étire, le noiraud granuleux penche dangereusement. Ne souriez pas, madame, il pourrait se décrocher et tomber au fond de votre verre. Ne respirez pas non plus, il pourrait être aspiré au fond de votre narine et boucher le canal fronto-nasal.

Un minuscule monsieur à lunettes me serre la main avec conviction. Ses cheveux sont secs comme des poils.

« Papa, Gérault, Gérault, Papa. »

La poigne, c'est sans doute la seule chose qui reste quand on est minuscule et qu'on a des cheveux secs comme des poils.

«Vous êtes marié, vous avez des enfants?» Bouche-fuchsia caquette, Monsieur Poils lui donne un coup de coude «quoi? J'ai plus le droit de poser des questions?» Monsieur Poils triture la branche gauche de ses lunettes, il est assis en fillette, jambes croisées, tout à fait le genre à employer les mots socquette, flanelle, semelle crêpe, camaïeux. Ses mocassins sont fins comme des ballerines.

«S'il veut pas répondre, il répond pas et puis c'est tout! – Bouche-fuchsia me dévisage –, hein? Elles vous embêtent mes questions?»

Vos questions sont banales, Bouche-fuchsia, terriblement banales, banales et malvenues. Quoi? Je n'ai plus le droit de répondre, Bouche-fuchsia? Elle vous embête ma réponse?

Son noiraud granuleux prend des forces, la curiosité le régale. A-t-elle souffert de lui plus jeune? Souffre-t-elle encore? A-t-elle essayé de le maquiller, de le dissimuler sous une gommette, a-t-elle essayé de l'arracher?

«Non je ne suis pas marié, et je n'ai pas d'enfants.

— Alors, Bernard? Tu vois bien que ça ne le dérange pas!»

Monsieur Poils triture la branche droite de ses lunettes, il espérait rencontrer enfin un allié, un complice, quelqu'un sur lequel on s'appuie, et que l'on envoie au front en première ligne, il espérait faire corps avec moi contre sa fureteuse d'épouse. Je ne fais corps avec personne, Monsieur Poils, personne, qu'on se le dise. Bouche-fuchsia est ravie. Le bal est ouvert.

« À la bonne franquette les amis ! – Étienne revient avec le plat brûlant et le pose au centre de la nappe –, à toi de jouer, Gé », il me remet le couteau de boucher. Je vais reculer ma chaise, elle va se prendre dans le tapis élimé qui gondole, je vais déplier mes bras au-dessus des assiettes, les boutons de ma veste vont sauter.

« Laisse Gérault tranquille, Chat, c'est l'invité ! » Jeannine intercepte la lame.

« Avec toutes les copines que tu as, ma Ninette, y en a bien une pour Gérault quand même ! » Bouche-fuchsia persévère. « Quand même » insidieux s'agrippe à moi comme une larve de ver, bientôt ce sera un lombric, mes artères seront ses galeries, il s'aventurera dans mon œsophage, se nourrira de mon foie, de ma rate, se gargarisera de mon sang.

« Je suis sûre qu'il est bourré de qualités en plus », Bouche-fuchsia est trop aimable. Rends-moi le couteau, Jeannine, j'ai une pintade à dépecer, le poulet poivré sera pour demain, la chair de vieille est coriace, n'attendons plus. Échalote, gousse d'ail, cerfeuil, émincé, pilés, ciselés, retenez votre souffle, je vais farcir la bête.

Monsieur Poils fixe le poulet, ne serait-ce pas des grains de poivre moulu là, sur les ailes que Jeannine décortique ?

« Vous recherchez quoi exactement, décrivez-nous votre idéal », Bouche-fuchsia s'est emparé de mon cas, désormais, rien ne l'intéressera davantage.

Monsieur Poils jette un œil las dans ma direction, vous n'avez que ce que vous méritez, mon pauvre gars, je ne ferai plus rien pour vous.

« Si on a un portrait-robot, ce sera plus facile de vous aider.

— Maman, Gé n'a pas besoin d'aide, il se débrouille très bien tout seul ! – la carcasse craque –, qui veut un pilon, un haut de cuisse, du blanc ? »

J'aurais dû rester avec Taches-de-rousseur et son assiette purée-jambon.

« Surtout qu'il y en a une… » Étienne dénonce. Bouche-fuchsia avide rebondit « une quoi ?

— Une qui lui fait un rentre-dedans incroyable.

— Racontez racontez ! Bouche-fuchsia frétille.

— Oui raconte, Gé, une sacrée nana, la Françoise ! »

Plus possible d'inventer une fabuleuse romance avec Frange à paille, Heinchérie ou une autre, Françoise malgré moi se retrouve une fois de plus entre mes pattes.

J'aurais dû rester avec Taches-de-rousseur et son copain vert y-a-qu'un-œil.

On parle bien de la grosse Françoise qui dit c'est chouette et rit trop fort qui met mille ans à descendre de chez elle, pour se faire une beauté, mais reste tristement la même avant et après. Françoise avec son parfum bas de gamme et son allure de mémère ? Grosse, Jeannine se vexerait, chouette, Étienne emploie cette expression aussi, allure de mémère, Bouche-fuchsia se sentirait visée.

« Elle est gentille », je tente. Ni faux ni dangereux.

« Gentille peut-être, mais elle a d'autres atouts, de gros atouts ! » Étienne s'esclaffe. Son humour lourd et sa fidélité aléatoire n'ont jamais été un problème, ça fait partie de lui, au même titre que le noiraud granuleux de la belle-mère, ou les cheveux-poils du beau-père. « Elle a eu le coup de foudre pour lui alors que j'étais là en plus !

— Oh ça t'a perturbé, mon Chat... » Jeannine caresse la barbe mal rasée d'Étienne en souriant.

J'aurais dû rester avec Taches-de-rousseur, et ses chaussettes Oui-Oui.

« Et vous n'avez pas eu le coup de foudre, vous, Gérault ? »

Le coup de foudre pour Françoise, qu'est-ce qu'il ne faut pas entendre.

Monsieur Poils introduit des bouchées minuscules entre ses lèvres, il croque avec ses dents de devant. Peut-être n'est-ce pas un choix, peut-être n'y a-t-il plus que quatre dents devant, ultime rempart à une cavité sans fond. Étienne malaxe la mie de pain, en petites boules et les gobe. Il suffirait d'un peu de jugeote, Étienne, et en un instant, tes petites boules de mie, légèrement imprégnées de salive, habilleraient la jolie gencive de Monsieur Poils.

Taches-de-rousseur escalade ma chaise, et s'assoit sur ce qu'il me reste de cuisses malgré mon ventre posé dessus. « C'est l'heure du dodo, Poussin, descends de là. »

De là ? Je suis une armoire ? Un buffet ?

J'ai le visage dans ses cheveux, ses bras sur les miens, comme s'il s'agissait d'accoudoirs. Taches-de-rousseur ne m'a pas demandé mon avis.

« C'est quoi ça ? » Il tâte le poulet avec le bout de son index. Comment on parle à un enfant ? Je dois l'appeler Poussin aussi ? Je ne bouge pas.

« Poussin, arrête tout de suite, tu descends de là, et tu arrêtes tes bêtises. » Taches-de-rousseur patauge dans mon assiette.

« À trois je me fâche ! » Étienne n'est pas convaincu de cette fâcherie imminente. Jeannine n'ont plus. Émile encore moins.

Taches-de-rousseur parle de Bob, Sulli et toute la bande, Bouche-fuchsia ne comprend rien « mais si, on a regardé, Mamie », Bouche-fuchsia fait semblant de se souvenir.

« Un. »

Monsieur Poils écarquille ses narines, l'éternuement semble poindre à l'horizon. Le poivre ferait-il enfin effet ?

Il plonge dans son mouchoir en tissu, ses lunettes s'embrument.

Personne ne remarque et Monsieur Poils ne dit rien.

« Et alors, Bouh, il a peur parce que…

— Deux…

— Et là ils courent pour…

— Deux et demi, c'est toi qui vas courir, Poussin, tu vas recevoir une fessée. »

Taches-de-rousseur rigole. Que des menaces, cette fessée, du jamais-vu !

Je tangue sous les soubresauts de son rire. J'ai envie de rire aussi. Il est drôle, ce môme. Il me protège, Bouche-fuchsia n'a plus de prise sur moi.

« Deux trois quarts… » Étienne se lève, Taches-de-rousseur descend à toute vitesse comme un petit singe agile, il court jusqu'à sa chambre en riant toujours, Étienne le suit. On pourrait envoyer quelqu'un d'autre se coucher en échange ? Bouche-fuchsia par exemple !

Monsieur Poils essuie pour la cinquième fois ses verres de lunettes. Son diaphragme est bloqué, il transpire plus que mes aisselles.

Personne ne remarque, et il ne dit rien.

« Il a la fibre paternelle, Gérault, trouve-lui une femme, Ninette. » Bouche-fuchsia me laboure de nouveau.

« Maman, tu ne vas pas continuer toute la soirée, le message est passé, c'est bon. » Bouche-fuchsia me regarde pour que je la défende. Je me concentre exagérément sur la viande qui barbote dans la sauce.

Monsieur Poils est trop poli, il ne veut pas gâcher l'ambiance. Mais quand il sera violet, ça la gâchera sûrement. Il tousse, ses épaules tressautent. « Tout va bien, Papa ? » demande Jeannine en se léchant les doigts.

Bouche-fuchsia réplique à sa place « il y a un kilo de

poivre, alors forcément! Mange de la mie, Bernard, ça va te calmer – elle lui enfourne un gros morceau –, il est têtu ton mari, Jeanne, vraiment!»

«Gé? Gé?» Étienne m'appelle de loin, son fils veut me dire bonne nuit. Je recule ma chaise, elle ne se prend pas dans le tapis élimé qui gondole, «Gé? Gé?» c'est Taches-de-rousseur qui m'appelle maintenant. J'ajuste ma veste, les boutons ne sautent pas.

Dans la pénombre de la chambre, Étienne chuchote «fais un bisou à Gé et dodo, Poussin». Je dois m'approcher? M'asseoir près de lui? Taches-de-rousseur ronronne. Si c'était les parents de ma femme qui étaient venus dîner? Si c'était moi qui avais cuisiné, un torchon coincé dans la poche arrière de mon jean? Si c'était moi qui appelais Étienne pour que mon fils lui dise bonne nuit, si c'était moi qui promettais de laisser le néon du couloir allumé et la porte entrouverte. Taches-de-rousseur sous sa couette moelleuse murmure «bisou, Gé».

Je l'aime ce gosse, c'est un comme ça que je voudrais.

« Il paraît que vous avez trouvé un boulot pour Étienne dans votre épicerie ? »

Tiens donc, Monsieur Poils se met à me labourer lui aussi. Son teint n'est plus violet, son diaphragme s'est débloqué, quelle injustice ce soir.

« Il a fait ce qu'il pouvait, on attend le verdict du patron maintenant », rectifie Étienne. Je dois mentir encore, devant tout le monde cette fois, quatre personnes qui accueillent mon silence comme une promesse.

« Je ressers quelqu'un ? » propose Jeannine.

Non sans façon pour Bouche-fuchsia, non Chaton pour Étienne, non merci pour Monsieur Poils.

« Et toi, Gé ? » Mon assiette est encore pleine, pleine des mains cracra d'Émile et de ses questions. Vous n'avez pas un petit matelas, un pyjama et une couette moelleuse pour moi ? Je me coucherai dans la chambre à la porte entrouverte. « Cela dit y a du fromage et un cake anglais, on passe à la suite ? C'est toi qui décides, Gé !

— Heu… oui, je réponds.

— Oui quoi, demande Jeannine, oui pour le poulet, ou oui pour la suite ?

— Comme vous préférez, je dis.

— Voilà, ça c'est Gérault tout craché, sourit Étienne, c'est le type le plus gentil que je connaisse, il pense toujours aux autres avant lui ! »

Ne serait-ce pas mon diaphragme qui se bloque ? Mon teint qui devient violet ? Où se trouvent l'étendoir, les pinces à linge, que ma chemise puisse sécher ? Le type le plus gentil que tu connais te ment, Étienne, il te trahit. Le type le plus gentil que tu connais n'a même jamais parlé de toi à Dimitri, ne comptait même pas le faire, et n'avait même pas de regrets.

« Les enfants ne s'attachent pas à n'importe qui, ils ont un sixième sens, comme les animaux. Et Émile, il a eu un vrai coup de foudre pour Gé ! »

Je t'en prie, Étienne, n'aie pas recours à ton fils, il n'y a pas de bouclier à la hauteur. Les regrets se dressent autour de moi, sanguinaires. Mon cou gonfle, la cravate oppresse ma chair, je n'ai pas de cravate. Je suis un crapaud, un crapaud qui gonfle, je m'étrangle, on m'étrangle.

« En tout cas vous n'êtes pas bavard, Gérault », Bouche-fuchsia se gratte la commissure des lèvres avec l'ongle de son auriculaire. Quelques millimètres plus haut, elle perforerait son noiraud granuleux.

« Ça, c'est sûr, il ne parle pas pour rien, lui. » Monsieur Poils revêt sa cotte de mailles et enfourche sa monture. Bouche-fuchsia se crispe. « C'est un sous-entendu, Bernard ?

— Non, c'est une constatation ! » Monsieur Poils se coiffe d'un heaume en acier à présent, il s'élance au galop. Relents de poivre sans doute.

« Ah non, pas de disputes aujourd'hui, Étienne et moi, on est crevés ! Y a pas d'air ici, Chat, va ouvrir la fenêtre du salon. » Jeannine empanachée rejoint le camembert, dans la cuisine, le crottin de chèvre, et l'emmental.

« Qu'est-ce qu'elle est nerveuse Ninette, pas vrai, Bernard ? Je me suis contenue depuis le début, mais qu'est-ce qu'elle est nerveuse ! »

Monsieur Poils acquiesce. Aurait-il quitté sa monture et ôté sa cotte de mailles ?

Bouche-fuchsia ondule d'une fesse à l'autre, elle est très excitée. Elle en racontera des choses à son atelier poterie du lendemain. Elle entend déjà les applaudissements, c'est toujours elle qui raconte le mieux.

« Vous savez ce qui la rend nerveuse, Gérault ? » Bouche-fuchsia serpente jusqu'à moi, elle s'enroule séduisante, espérant des détails savoureux. Ce qui rend nerveux, c'est de vous avoir pour mère Bouche-fuchsia, et d'avoir une mère tout court d'ailleurs.

Je fais semblant de détenir un secret palpitant. Je la laisse me désirer, désire-moi encore Bouche-fuchsia et je me livrerai peut-être. Bouche-fuchsia est tendue vers moi, à quoi ne serait-elle pas prête pour que je parle ? Jacques-a-dit on monte sur la table, Jacques-a-dit on saute à cloche-pied, Jacques-a-dit on meugle, on mugit, on cancane.

Je mâchonne ma phrase pour lui donner de l'importance,

je bute, trébuche, me reprends. Ma phrase-galet s'élance, Bouche-fuchsia songe aux ricochets magistraux.

J'articule « c'est une période dure… dure pour tout le monde ». Point final fermez les guillemets. Mon galet coule à pic et entraîne Bouche-fuchsia interdite dans les profondeurs. Des mots-gravillons pour toi, Bouche-fuchsia, tu ne mérites aucune confidence.

« Quand je dis qu'il n'est pas bavard, tu vois, Bernard, je ne dis pas de bêtise ! »

Bernard acquiesce encore, il a été détroussé, plus de cheval, plus de cotte de mailles, plus de heaume en acier. Cul nu, Monsieur Poils.

« Ça sent Noël déjà dehors ! » Étienne nous revient, juvénile. En bon père de famille, il construira un bonhomme de neige avec son fils, ils enfonceront une carotte à la place du nez, ils rentreront après, moufles et bottes trempées près du radiateur, ils seront en habit de maison et mangeront des crêpes à la confiture de framboise. Il y aura un sapin décoré, il y aura des cadeaux, de la buée sur les vitres, et une odeur de marrons chauds.

« Tu as prévu quoi pour Noël, Gé ? Tu vas chez les bourges ? »

Le bonhomme de neige aura froid, qui s'en préoccupe ? Il aimerait bien lui aussi, manger une crêpe à la confiture de framboise, être en habit de maison et avoir des cadeaux. Il restera seul, comme l'hiver dernier, comme l'hiver d'avant, seul avec sa carotte en guise de nez et son chagrin.

« Je ne sais pas encore », je réponds.

Comme l'hiver dernier, comme l'hiver d'avant, il y aura les guirlandes scintillantes qui se balanceront entre les immeubles, il y aura les pères Noël miniatures qui grimperont aux balcons, et l'odeur de fête, partout, partout. Comme l'hiver dernier, comme l'hiver d'avant, Monsieur B. restera seul, seul avec son ventre, seul avec ses rêves.

Comme l'hiver dernier, comme l'hiver d'avant, il attendra que janvier revienne. Et comme l'hiver dernier, comme l'hiver d'avant, janvier reviendra.

« Vous avez modifié les rayons ? – la petite blonde est plantée devant les bidons d'eau de Javel –, vous avez bien fait, ça n'avait pas de sens que la lessive soit de l'autre côté. »

La philosophe Agnès est de retour, sans doute envoyée en repérage par Dimitri. Gérault se comporte bien ? Il est propre sur lui ? Les boîtes de conserve sont empilées et le sol brille ? Est-il poli, patient, ne vole-t-il pas dans la caisse ?

La petite blonde semble avoir rétréci, les manches de son manteau cachent la moitié de ses mains. La petite blonde est toujours blonde, ses cheveux lissés fermement domptés par une barrette imprimée zèbre. Elle fait attention aux détails, ça doit être assorti à ses sous-vêtements, une culotte en coton zèbre pour la demoiselle. La petite blonde furète toujours, elle se remet à examiner, déplacer, replacer les produits. Elle s'approche du comptoir, en crabe. Rayon gels douche, rayon litière, rayon biscuits, et hop la voilà face à moi. Elle hésite, elle aimerait parler, je vois bien qu'elle aimerait dire quelque chose. Ça, petite blonde, ne compte pas sur moi pour t'aider. Elle se concentre sur les briquets, les piles, les chewing-gums, ouvre plusieurs fois sa bouche et la referme. La petite poule fureteuse tourne autour du pot, de quel pot s'agit-il ?

« Monsieur Gérault... » Sa voix est candide, doucereuse, la voix idéale pour annoncer une mauvaise nouvelle. Je suis viré, c'est ça ? Remplacé par un ami proche de Dimitri, sa sœur, une cousine, remplacé par la petite blonde elle-même qui s'ennuie et qui a besoin de se divertir. Tu veux mon travail, va falloir le gagner, vas-y, petite blonde, je t'attends de pied ferme, vas-y, elle s'éclaircit la gorge.

« Je...

— Oui ? » Je réponds solide. Ses paupières sont basses, elles recouvrent intégralement ses yeux. La petite blonde a encore rétréci, son manteau tombe sur ses chevilles, les manches ont dévoré ses mains. Parle vite, petite blonde, tu seras bientôt réduite à une étoffe rouge, comme une flaque de tissu, je me servirai de toi pour nettoyer la vitrine, au bout d'un balai, en serpillière, ou pour rembourrer le tabouret similicuir éventré.

« Votre proposition tient toujours ? » elle demande. Ma quoi ? Pardon ? Exprime-toi plus fort, petite blonde, aie un peu de courage que diable ! Mes sourcils l'interrogent. « Vous m'aviez proposé un café la dernière fois et je... »

La petite blonde est maligne, elle essaye de gagner du temps, autour d'un café chaleureux, il paraît que c'est moins pire pour annoncer une mauvaise nouvelle. Je vais te mettre des bâtons dans les roues, petite blonde, crois-moi, je vais saper ton manège pitoyable.

« C'est une grosse journée aujourd'hui, j'ai la livraison de la semaine qui vient d'arriver, alors votre café… »

Entends à quel point je ne fléchis pas, petite blonde, entends mon assurance. Tu pensais peut-être que je me plierais à ta fausse timidité diplomate ? Je ne suis pas né de la dernière pluie, petite blonde, ce n'est pas au vieux singe qu'on apprend à faire la grimace, rira bien qui rira le dernier, ah ah je dégaine, je tire, tu meurs, petite blonde !

« Je peux repasser plus tard, ou je peux déballer avec vous, ou je peux… – la petite blonde se ravise –, je ne voulais pas vous déranger pardon. » La barrette zèbre me salue. Déjà ? C'est fini ? J'ai terrassé l'adversaire ? Tu aurais dû tourner davantage autour du pot, petite blonde, afin de peaufiner tes arguments. Le manteau marche seul, on ne la distingue plus à l'intérieur. Fantôme rouge presque sur le trottoir. Le téléphone de l'épicerie sonne sur le comptoir, les pas du fantôme s'interrompent.

« Allô, oui, oui, d'accord, ah non, tout à fait, d'accord, au revoir. » Je raccroche.

La petite blonde m'interpelle, elle a cinq ans tout au plus « c'était Dimitri ? », il y a du miel dans son souffle. Elle espère que je réponde oui, oui, c'était Dimitri.

« Il va venir ? » il y a du miel dans son souffle. Elle espère que je réponde oui, oui il va venir.

Ne serait-ce pas un sourire qu'elle tente de réprimer en vain ? Ne serait-ce pas son manteau qui se réajuste et ses mains qui se dévoilent ?

Ni en mission, ni en repérage, elle n'est pas ici pour moi.

Je ne suis qu'un prétexte, le prétexte d'une amoureuse qui a du miel dans son souffle.

« Vous avez raison, c'est l'heure du café », je dis. À défaut d'être celui qu'elle aime, je veux être son confident.

« Je vais le faire ! » Petite blonde palpite. Il va venir, elle va le voir, le revoir, enfin. « Vous avez du sucre, de l'édulcorant, du sirop d'agave ? » La petite blonde a du mal à rester calme, elle croit que je ne m'en rends pas compte. « Vous vous plaisez ici, vous êtes content ? » Ma réponse n'a aucune importance. Elle veut instaurer une conversation longue, passerelle jusqu'à Dimitri. Il ne passera pas aujourd'hui, ni demain, il est en voyage. La petite blonde ne le sait pas, et il est trop tard pour lui ôter ses illusions. Je la divertirai, j'improviserai tant pis. Il a appelé pour prendre des nouvelles rapides, il y avait des rires de femme derrière lui, le feuillage qui bruisse, il a dit plusieurs fois « oui une seconde j'arrive, j'arrive », les rires ne le lâchaient pas. Dimitri au bord de la piscine, un verre rempli de glaçons, un parasol en papier piqué dedans.

La petite blonde ne se doute pas qu'il n'est pas à la hauteur de ses rêves, elle lui prête des qualités qu'il n'a pas. Si elle me demandait mon avis, je le lui donnerais sans détour, c'est pour ça qu'elle ne me le demande pas.

Ses poignets sont laiteux, ses veines floues. Elle deviendra comme Françoise, sa fraîcheur s'estompe déjà, posée dans un coin, avec un môme fait par mégarde. Même ses rêves sont médiocres, un baiser appliqué sans âme sur sa tempe. Où est ton orgueil, petite blonde, où est ton ambition ?

S'est-elle déjà donnée à lui ? À d'autres ? Il ne faut pas, petite blonde, ne te donne pas. Dimitri a les mains sales, il a caressé trop de corps. Les hommes sont dangereux, petite blonde, je suis un homme, je sais de quoi je parle. Les hommes sont dangereux, surtout pour les petites blondes aux poignets laiteux et aux veines floues.

« Ah c'est toi, entre, Gérault, entre ! – Heinchérie est essoufflée, ses petites jambes fringantes sont moulées dans un collant de vinyle rose –, je suis en plein sport, viens entre suis-moi. » Heinchérie regagne le salon en trottinant « pour maintenir le rythme cardiaque », elle dit. Elle s'installe debout devant la télé, sur un tapis qui sent le gymnase. Trois demoiselles sautillent en maillots de bain trop échancrés, Heinchérie reproduit leurs gestes. Elle lance son pied *à gauche à gauche à gauche, la main sur la hanche, on change de jambe, à droite, à droite, à droite, très bien.*

Heinchérie me dévoile son V. Un V presque W à cause de la couture qui rentre.

« Mets-toi à l'aise, Gérault », les bras en l'air, *on étire bien, on tient le mouvement un deux, on relâche.* Je m'assois sur le canapé, j'attends que le V revienne.

Les trois demoiselles se congratulent. Heinchérie s'allonge à présent, « C'est le pire ça, les abdos, ahlala », *on ne raidit pas la nuque, on contracte un deux, c'est bien, une série de quinze, on respire*. Les petites jambes fringantes de Heinchérie font ce qu'elles peuvent, son corps entier essaye de ne pas la décevoir. Heinchérie peine. « Ma technique, c'est de respirer comme les femmes qui accouchent, tu sais, fhou fhou fhou fhou, ça permet de se concentrer, tu fais du sport, Gérault, toi ? » *Sur le ventre, les mains à plat sous le menton, on décolle la poitrine, allez, on part pour une série de quinze*. Heinchérie s'engage dans sa série de quinze, haletante. La technique de l'accoucheuse ne semble pas efficace. Les trois demoiselles se congratulent encore, *très bien*, elles répètent pour donner du courage aux femmes devant leur écran.

« Tu venais voir Jean-Yves fhou fhou fhou ? » Heinchérie se relève. *On détend les muscles, grande inspiration, on bloque un deux, on expire.*

« Je ramène le DVD, je dis.

— Quel DVD ? » Elle in-spi-i-i-re, bloque, un deux, expire.

« Tu m'avais laissé un DVD à l'épicerie et…

— Oui bien sûr, elle m'interrompt, mais fallait pas te déranger, ça ne pressait pas, tu as aimé ? »

J'aurais surtout aimé le regarder avec toi, Heinchérie, « oui beaucoup », je réponds.

« Ça ne m'étonne pas », elle conclut. Je ne sais pas ce que ça signifie, mais je n'ose pas demander. Elle enroule le tapis caoutchouteux et le sangle, « tu veux déjeuner avec moi ? Jean-Yves aura déjà mangé ».

Debout ses jambes au repos encadrent admirablement son V. Je n'ai d'yeux que pour lui.

« Bon je prends une douche, j'arrive. » Elle monte à l'étage à toute vitesse. Est-ce une invitation ? Étienne aurait pensé que oui, il se serait glissé derrière elle dans la baignoire. Du moins, c'est ce qu'il aurait raconté.

Le plaid est négligemment posé sur le fauteuil. Heinchérie est un gros chat. Un gros chat que l'on doit cajoler. Jean-Yves est un chanceux, un chanceux qui déjeune dehors pendant que son épouse dévoile son V en collant de vinyle fluo.

« Des œufs brouillés, ça te va ? Avec du gruyère et… – Heinchérie furète dans le frigo –, et, tu aimes les tomates ? La mozza ? Ah non, il n'y a plus de mozza… tu aimes… heu… qu'est-ce que c'est ça ? – elle ouvre un bocal, et flaire –, … pas sûre que ce soit encore frais… tu peux sentir, Gérault ? » Un pâté visqueux m'accueille recouvert d'une pellicule graisseuse. Il y a des morceaux noirs pris en otage. « C'est des rillettes de lapin aux morilles, t'en penses quoi, Gérault ? » Heinchérie casse les œufs directement dans la poêle, la coquille sème des particules dans le blanc glaireux. Elle tente de les repêcher avec la fourchette, la cuillère en bois, l'index, et renonce. Heinchérie espère sans doute que je n'ai pas été témoin de ce chaos et que je ne m'inquiéterai pas si les œufs brouillés croustillent un peu.

« Le pâté ne me tente vraiment pas, Jean-Yves le mangera, – elle le remet dans le frigo –, il déteste gaspiller. » Elle glousse. Son collant en vinyle rose me manque, ses petites jambes fringantes sont noyées dans un jogging d'homme. Mais j'ai droit à ses pieds nus et ses ongles peints, Heinchérie devant les fourneaux est un poème. La cuisine a été conçue autour d'elle, la maison autour de la cuisine, la ville autour de la maison, le monde autour de Heinchérie.

Elle pose beaucoup de questions, et n'attend jamais les réponses, ça m'arrange. Je n'ai envie de parler ni du travail, ni de mes sorties, ni de mes projets, ni de mes conquêtes, comme elle les nomme. Je ne souhaite parler que d'elle. Heinchérie, quel goût a ta bouche, quel goût a ton cou, ton ventre, tes seins ? Son corps me semble adapté à mes mains, les contours idéaux. Ses dents écartées me ravissent.

« C'est presque prêt, tu m'en veux pas, on mange sur le pouce, Jean-Yves passe me chercher pour les courses de Noël. » Je ne t'en veux de rien, Heinchérie, tes œufs brouillés sont exquis, les brisures de coquilles ajoutent du caractère, et la tomate molle coupée à la va-vite est succulente.

« Ça ne vaut pas ma blanquette hein ? » Heinchérie glousse.

Heinchérie est un animal très rare, je la capturerais bien, épinglée quelque part comme un papillon multicolore. Je caresserais ses ailes. « C'est délicieux, je réponds.

— T'es gentil, Gérault, t'es un homme tellement gentil ! tellement délicat ! Si tout le monde était comme toi ! » Me compare-t-elle à Jean-Yves, me préfère-t-elle à lui ?

« On en parlait avec Jean-Yves justement, on se faisait la réflexion que ça doit être terrible d'être seul. Nous on ne se rend pas compte, quand tout va bien, comme pour nous, on a tendance à être ingrats, tu vois, c'est quand on n'a plus rien, qu'on prend conscience de ce qu'on avait. » Heinchérie vomit des lieux communs, elle les brode avec une dextérité virtuose. C'est donc cela que j'inspire à leur « nous » de petit couple méprisant ? Je suis le pauvre type qui souffre. Je lis une condescendance outrageante, une empathie poisseuse à mon égard.

« Et vous vous êtes gentils, tellement gentils de vous soucier de moi », ses joues qui rosissent témoignent qu'elle n'a pas du tout perçu mon ironie. J'avale la dernière bouchée de ses œufs brouillés infâmes. « Je dois y aller », je dis. Tu l'entends bien mon « Y », petite dinde qui glousse pour un oui pour un non ?

« Déjà ? » elle répond désolée. Oui déjà, petite dinde, j'ai à faire, je ne passe pas mes journées en collant rose à me trémousser, jusqu'à ce que mon abruti de mari vienne me chercher dans son abrutie de voiture pour aller faire des courses d'abrutis parce que c'est bientôt Noël.

« Oui déjà, Greta, je passais en coup de vent, j'ai pris du retard sur mon programme. » Un programme, quelle blague ! Ça sonne bien. Poudre aux yeux, Greta est aveuglée.

« Un programme ? Vraiment ? elle ajoute.

— Je n'arrête pas en ce moment, pas le temps de toucher terre. » Merci, Françoise, je reprends à mon compte tes expressions bobonnes, elles sont parfaites pour l'occasion. « Ah ? Vraiment ? » Dépitée, la petite dinde, on ne t'a jamais appris à ne pas te fier aux apparences, je suis heureux, très heureux, extrêmement heureux.

« Jean-Yves ne va plus tarder, il sera triste de t'avoir raté. »

Tant pis, petite dinde, tu glousseras deux trois fois, ça lui remontera le moral.

« Passe-lui le bonjour de ma part, Greta, à bientôt » je dis pour la forme. Je sors de la cuisine, elle me suit. Je mène la danse, petite dinde.

« On n'a même pas parlé du DVD, et tu ne m'as pas apporté ton pantalon à repriser », ça a dû être dans la continuité de leur conversation ça, pauvre homme seul et gros, sans personne pour lui recoudre ses maladresses. Un chien ne fait pas un rat, une pomme ne tombe jamais loin du pommier, le jeune con a de qui tenir, un oncle et une tante aussi dédaigneux que lui.

Je souris, vois comme je souris petite dinde, mon pantalon va très bien, merci.

Greta rejoint ses œufs brouillés à la coquille, après m'avoir fait et refait la bise, son empathie sirupeuse s'engouffre, s'agrippe à moi, se greffe.

Rassure-toi, Jean-Yves, je te laisse ta maison indécente, ton pâté de lapin aux morilles avariées, ta femme qui glousse en vinyle rose, son V en W, et sa blanquette.

Mémé a mis sa voilette, elle se tient debout très droite devant la porte de sa chambre « tu viens à reculons ? » Elle s'adresse à Mme Gros-Yeux. « Hein il doit venir à reculons pour être à chaque fois en retard ! »

Le bouquet de roses rouges se froisse dans mes bras. « Tu m'as écrit un mot au moins, des bons vœux quelque chose ? » Les fleurs ne suffisent donc pas, venir la chercher non plus. « Il y a un vase », je dis ? Mme Gros-Yeux répond « on les met dans l'évier pour l'instant ». Mémé ressemble à la reine d'Angleterre, manteau couleur papier toilette, ses souliers à lanières lui font des pieds de poupée. « Où tu m'emmènes ? » Mémé déteste les surprises, depuis dix ans, son anniversaire se passe toujours au même endroit, dans le salon de thé près de la mairie.

Une serveuse nous précède, elle a le front bombé et brillant. Ses sourcils l'ont déserté depuis longtemps, las de la pince qui picore. Un trait de crayon marron-bordeaux tente de camoufler le désastre, personne n'est dupe. La vulgarité se paye.

Mémé s'assoit dans le fauteuil au grand dossier, ses yeux arrivent au ras de la table. Je suis sur la chaise en face d'elle, j'ai l'air d'un géant. C'est de son ventre que je sors ?

Elle lit longuement le menu, « il y a des nouveautés ? » La serveuse sans sourcils récite « tarte chocolat blanc framboise, tarte tatin aux raisins, éclair café à la praline, flan aux éclats de châtaignes ». Ses hanches sont dodues, le pantalon est débordé, je mordrais bien dedans.

« Et comme boissons ? » Mémé se laisse bercer, elle prendra exactement la même chose que d'habitude.

« Thé Himalaya, cannelle-vanille, café épicé du Gabon. » Mémé joue les dubitatives « il y a tellement de choix », les hésitations font partie de son rituel. « Et toi, mon Cœur ? Tu as une idée ? » Voilà que son « cœur » est de nouveau en goguette. La tête penchée sur le côté de la serveuse sans sourcils parle pour elle, son regard est celui des femmes attendries sur un berceau. Rejoins-moi dans la layette, ma jolie, promis je fermerai les yeux sur ton front luisant souligné au crayon, je m'occuperai de tes hanches, juste de tes hanches.

Une tasse à lisière dorée, chocolat liégeois saturé de crème blanche, est déposée sur le napperon en fausse dentelle-plastique. « Je reviens avec les amandines, et la carafe d'eau. » Les amandines, nom poétique pour de banals biscuits vague saveur amande. Mémé s'épouvante « je ne pourrai jamais avaler tout ça, c'est copieux, que c'est copieux, toute cette crème, je n'aurais pas dû commander ça, c'est une folie». Elle le terminera comme d'habitude, raclera le fond, aspirera la dernière goutte, et si son éducation le lui permettait, elle laperait même la porcelaine.

Si j'avais été ailleurs, j'aurais bu une bière, une bière fraîche, servie avec des cacahuètes trop salées ou des chips molles. Il y aurait eu la télé allumée, un match de foot, les infos, qu'importe. Et Hanches-dodues à portée de mes mains.

«Le seul cadeau que je voulais, c'est que tu me présentes ta fiancée, un bouquet sans mot, c'est bien aussi, mais te voir heureux avec elle, mon Cœur…

— Oui, maman, je réponds, je t'ai expliqué que c'était compliqué pour aujourd'hui.» Mémé a la bouche vers le bas «c'est toujours compliqué avec toi». Le chocolat liégeois saturé de crème blanche ne suffit pas à calmer sa frustration. «Et puis le salon de thé, le salon de thé, ça ne vaut pas le soleil! Avant on allait au soleil, avant quand tu étais avec…

— Bois, ça va être froid», je coupe. Mémé soupire, «je t'avais prévenu pourtant, ce n'est pas faute de t'avoir prévenu», Mémé ne peut plus mâcher, elle est contrainte d'attendre que les amandines fondent sur sa langue pâteuse. Si une miette pouvait s'échapper dans les profondeurs de sa gorge, érafler ses poumons, comme une tuberculeuse, que sa bouche se remplisse de sang. Elle se plaint de ses dents creuses, de son bridge qui fout le camp, la vieillesse, la vieillesse. Elle ingurgite le liquide crémeux comme un potage, la cuillère trop pleine dégouline sur son menton avant d'atteindre ses lèvres. C'est de cette femme que je sors ? « Tu m'emmèneras au soleil, avec ta fiancée, on sera tous les trois, Marie-Ange rejoint ses enfants pour les vacances, je ne peux pas rester seule, tu sais que je ne peux pas rester seule, tu ne vas pas me laisser seule, tu ne peux pas me laisser seule. »

Jean-Yves part à la mer avec Heinchérie pour un déjeuner amoureux huîtres et vin blanc. Il part avec Heinchérie parce que c'est autant un cadeau pour elle que pour lui. Parce que c'est sa femme, et qu'il aime ses cheveux venteux un peu poisseux de sel marin.

« Je comprends, Maman, on en reparlera.

— Il comprend, au lieu de se réjouir de m'inviter, monsieur comprend, m'emmener au soleil, c'est un sacrifice ? Quand tu étais avec Amélie au moins… »

Amélie au soleil, Amélie se baigne, Amélie rit. Les placards vides, ses valises pleines. Amélie disparaît.

« Pardon, Maman, tu as raison. »

À genoux, à plat ventre, en rampant, qu'importe, je suis un insecte. Repousser le drame, contenir Mémé jusque chez elle, Mme Gros-Yeux en garde-fou.

« Tout s'est bien passé ? » La serveuse sans sourcils avale ma carte bleue. Plus rien ne dépasse. Remontrance de la patronne sans doute « Jennifer, je vous l'ai dit cent fois, j'exige une tenue exemplaire, les ceintures existent, on n'est pas au McDo ici, suis-je claire ? Enfilez quelque chose rapidement avant que je me fâche ! » Dommage. Hanches-dodues n'est plus que front bombé qui brille. « Vous pouvez composer votre code. »

Elle lie toutes les syllabes, avec une intonation chantonnante et identique pour chaque phrase thé-Himalaya-cannelle-vanille, éclair-café-à-la-praline, tout-s'est-bien-passé, vous-pouvez-composer-votre-code ? Ses gestes sont machinaux et étriqués, comme son vocabulaire-mode d'emploi.

« Vous emmenez votre mère au soleil, vous ? – Mémé lance sa ligne – pour son anniversaire, je suis certaine que vous l'emmenez, vous. »

Il y aurait une chope de bière fraîche, une mousse onctueuse sans cesse renouvelée, il y aurait des cacahuètes trop grasses, trop salées, des miettes de chips molles. Il y aurait la télé allumée, un match de foot, les infos, qu'importe. Il y aurait du bruit, beaucoup de bruit qui empêcherait les conversations et couvrirait mes pensées.

Sans-sourcils répond « bah-bien-sûr-c'est-important-une-maman », vraiment tout pour plaire celle-là. Mémé remonte sa ligne, le poisson hameçonné ondule. « En-vous-remerciant. » Sans-sourcils frétille en tendant le ticket. Sourire de convenance, elle espère un pourboire. Combien on donne dans ces cas-là ? Combien on donne pour supporter la rancœur maternelle corroborée par une fille vulgaire ?

Les roses se fanent dans l'évier, Mme Gros-Yeux s'affaire dans la chambre, Mémé a eu des émotions, il faut qu'elle se repose. On la déleste de ses souliers de poupée, sa voilette au placard, la chemise de nuit violine se réapproprie son rôle. J'ai déjà dit au revoir, je l'ai déjà suppliée de ne pas me retenir, je lui ai déjà promis de revenir, de lui présenter ma femme, d'être un fils parfait enfin, je me suis déjà excusé pour mes impairs, mes maladresses.

Sur le palier, je suis sain et sauf.

« Au fait le docteur est venu, si ça vous intéresse – Mme Gros-Yeux me rattrape dans les escaliers, en chuchotant –, votre mère ne voulait pas que je vous le dise, elle ne veut pas être un poids. »

Un poids, un poids, un poison. « C'est grave ? » je demande.

« Bien sûr que c'est grave, à son âge tout est grave ! » Mme Gros-Yeux m'empale sur une broche et me fait rôtir, elles se sont bien trouvées toutes les deux, l'air de ne pas y toucher, mais la torture ça les connaît. « Vous allez daigner passer un peu plus de temps avec elle ? Avoir bonne conscience pour son anniversaire, ça ne suffit pas. Gardez vos bouquets pour sa tombe, c'est du temps avec vous dont elle a besoin – Mme Gros-Yeux et son teint buriné m'assiègent –, il lui faut un bol d'air, pour le moral, c'est essentiel »… Essentiel… Qu'elle se penche à la fenêtre, ou qu'elle ouvre le frigo !

De l'autre côté de la porte d'entrée, au fond du couloir, une voix la rappelle. « J'en ai pas fini avec vous, ne bougez pas, je vais voir ce qu'elle a. »

Jean-Yves part à la mer avec Heinchérie, pour un déjeuner amoureux huîtres et vin blanc. Il part avec Heinchérie parce que c'est autant un cadeau pour elle que pour lui. Parce que c'est sa femme, et qu'il aime ses cheveux venteux un peu poisseux de sel marin.

Je remonte les quelques marches, je distingue la voix derrière, faible, faible.

La culpabilité infuse lentement en moi.

« Vous lui avez dit que le docteur est venu ? Vous lui avez dit pour les bouquets sur ma tombe ? – la voix est tout près maintenant –, vous lui avez dit qu'il me fallait un bol d'air ? » Mme Gros-Yeux tente de la raisonner « oui j'ai tout dit, retournez vous coucher, allez, madame Gérault !

— Et il ne veut pas ? » Mémé modifie sa respiration, elle extirpe ses larmes. À moins que sa respiration ne se modifie parce que déjà ses larmes coulent.

« Allez vous recoucher, vous n'êtes pas assez couverte. »

La culpabilité infuse toujours.

Mémé sanglote, voûtée, pieds nus sans doute sur le lino qui se décolle, ses épaules sont frêles comme du verre. Son corps est tout entier frêle comme du verre, prêt à se casser. Maman adorait les huîtres, le vin blanc, ses cheveux un peu poisseux de sel marin emmêlés à sa voilette. L'emmener deux jours, un aller-retour rapide, deux jours, peut-être moins, une journée et demie, un aller-retour éclair.

Culpabilité infusée, retirez le sachet, prêt à déguster, je suis à point.

«À quoi tu joues, Gérault ?» Françoise pianote nerveusement sur son bureau comme une maîtresse d'école. Mes pâtes de coing toujours emballées ne semblent pas l'avoir conquise. «Hein ? Je peux savoir ? Tu as un comportement tellement bizarre, Gérault, ça ne m'amuse plus.» Elle range les livres en piles, des dizaines de piles hautes comme des tours, un rempart contre moi, une forteresse. Mes pâtes de coing dans leur jolie boîte ronde sont à l'abandon sur la photocopieuse.

«Mais qu'est-ce que j'ai fait, Françoise ?» je dis. Françoise me dévisage. «Ce que tu as fait ?» elle répète. Françoise ne fait pas cas de mes efforts, du temps que je prends, du temps que je lui offre.

«Eh, ma Françoise, tu sais pas la meilleure ? – une furie pénètre en glapissant dans le CDI –, oups, je n'avais pas vu, bonsoir, Sonia – elle me tend la main –, je suis la prof d'anglais des quatrièmes.» Elle est prof, ça c'est sûr, elle a une allure de prof, de prof qui tient un stand à la kermesse de fin d'année. Qu'est-ce que ça peut bien me faire, comment elle s'appelle, son métier, tout le reste. C'est quoi la meilleure, je veux savoir moi aussi.

« Bonsoir, je dis.

— C'est Gérault, dénonce Françoise.

— Ah d'accord ! » répond la prof-kermesse.

Ah d'accord quoi ? Qu'est-ce que son ah d'accord signifie ? On a parlé de moi, qu'est-ce qu'elles se sont raconté, mes bras sont ballants, je ne sais pas où les mettre, d'un pied sur l'autre, le jus de Gérault est en cours de réalisation, six flacons en comptant les aisselles, le dos, la moustache.

« Bon... On se voit demain alors – elles se font la bise –, rentre bien, oui toi aussi, tu me tiens au courant, bien sûr », bise et rebise. Mes bras sont toujours ballants, on entame le huitième flacon de jus de Gérault.

Forte du « Ah d'accord » de sa collègue Françoise réattaque « Il faut que je t'explique ce que tu as fait c'est ça ? – son ton est prétentieux, méchant – Gérault, si tu ne comprends pas, ça ne sert à rien que je t'explique. »

Je ne la connais pas, cette Françoise-là, cette Françoise cruelle. Elle est l'archétype de la femme moderne, en révolte contre les hommes. Il faudrait que je m'agenouille, que je me répande en excuses ? En excuses de quoi, pourquoi ? J'en ai assez de ces femmes qui m'obligent à me conduire comme elles le désirent. Rends-moi les pâtes de coing dans leur jolie boîte ronde, je les offrirai à quelqu'un d'autre, ou à personne, je les mangerai moi, moi et moi seul, sans qu'on m'impose la cadence de mes bouchées.

Je ne peux pas partir, j'ai besoin d'elle.

« Françoise, allons dîner, laisse-moi une chance, il doit y avoir un malentendu. »

J'ai promis à Maman de la lui présenter, d'aller au soleil, j'ai promis, c'est trop tard, je suis un insecte, mes antennes se déploient.

« Un malentendu ? elle rétorque. J'ai passé l'âge, Gérault, d'être traitée comme une idiote, j'ai passé l'âge de faire la conversation à mon assiette, parce que le type en face de moi s'ennuie tellement qu'il ne fait même pas d'effort. J'ai surmonté des tempêtes dans ma vie, ce n'est pas pour me retrouver dans un restau lamentable avec un type lamentable qui reluque la première minette moulée dans son jean. Stop, Gérault, tu ne sais pas ce que tu veux, tu fais un demi-pas en avant, et dix en arrière. Je n'ai pas à supporter ça, et encore je suis sympa, parce que Sonia, elle, elle t'aurait carrément planté au restau… »

C'est de ça qu'elles ont parlé, elles ont ricané dans mon dos, se sont épanchées auprès de leurs collègues, de leurs amies, se sont repues de haine. Je suis donc ce type lamentable, qui l'a emmenée dans un restau lamentable et qui a un comportement lamentable. Je suis le type lamentable qui ne mérite même pas la grosse Françoise, et qui devrait s'estimer heureux de ne pas avoir été planté par la prof-kermesse.

Les femmes sont intransigeantes, intransigeantes et humiliantes.

Inviter une femme au restaurant, l'attendre trente minutes dans son hall qui s'éteint, la raccompagner après, pour rien, ni pour monter chez elle, ni pour un dernier verre et être remercié de la sorte. Préparez-vous à chialer entre bonnes femmes, grosses dindes, à dormir et à coucher ensemble, les hommes sont las des mégères. Rends-moi les pâtes de coing dans leur jolie boîte ronde, je les dégusterai moi, moi et moi seul, sans qu'aucune femme au monde ne m'impose plus la cadence de mes bouchées. C'est la guerre, Françoise, je vais te lapider.

« Je croyais que c'était une belle soirée, pour moi c'était une belle soirée. » Je mens, je mens et je vais mentir encore plus. Ma pauvre Françoise, tu vas regretter tes manières, tu viendras au soleil avec Maman, et tu seras à mes pieds. À mes pieds, Françoise, tu entends ?

« Je me souviens que tu as eu froid, que tu t'es serrée contre moi, je me souviens de ton histoire de jupe, de fils coupés, je me souviens que tu as dit "c'est chouette" et que tu aimais le tableau derrière moi. C'est de ça que je me souviens. De ton rire, de ton naturel, de la simplicité entre nous. J'ai dû me tromper. »

J'entame le processus, je m'y prends bien. La qualité de mon mensonge m'impressionne, il impressionne Françoise aussi, elle m'écoute, attentive. Françoise n'empile plus les livres, ne pianote plus nerveusement sur son bureau, ma voix lui plaît, je l'ai si peu exhibée, elle n'en est que plus rare, alors son regard me prie de ne pas arrêter son flux.

« Je suis triste, Françoise, triste de t'avoir déçue... » Je deviens grave, faire croire que ma gorge se serre, que je m'exprime avec difficulté, que l'émotion me submerge. Françoise est désarçonnée, tu ne fais plus la maligne hein, Françoise, tes grandes phrases ont disparu ? Tes reproches ? Ta violence ? Je tisse une toile d'araignée très solide, je vais t'emmailloter dedans, tu n'es qu'une mouche, Françoise, j'immobilise tes ailes, tu peux lutter, Françoise, je ne te délivrerai pas.

« Je... tu me... c'est... enfin tu... » C'est elle qui ne trouve plus ses mots maintenant, je jubile. « J'ai tout raté apparemment... ça me glace. » Je dis ça, « ça me glace », quelle expression grotesque, exactement celle qu'il fallait dans cette situation. Je fais mine de me préparer à repartir.

« Non... je... attends... » Héhé, Françoise bégaye, quelle journée divine.

Je continue sur ma lancée, j'atteins presque la porte. Rattrape-moi, Françoise, je me drape dans le chagrin, tu vas devoir ramer, Françoise.

« Charles... – ah je ne suis plus réduit à un nom de famille ? Tiens tiens, j'ai droit à mon prénom –, je ne suis pas en forme en ce moment, pardon, je suis désolée, excuse-moi, j'ai mal interprété, pardon, je suis désolée, si tu veux bien encore, on peut aller dîner, oui, je ne savais pas pour, enfin, tout ça, tout ce que tu as dit, pardon, je suis désolée, excuse-moi, Charles, excuse-moi, je sais que je peux être dure et injuste parfois. » Je cherche en moi, le regard le plus abattu possible, je mets ma bouche vers le bas, Maman m'inspire.

« Tu me redonnes une chance ? » je dis en tremblotant. Quel régal, la semelle de ma chaussure prend appui sur sa nuque. « Mais si je te décevais une nouvelle fois, Françoise, ce serait... » Faire traîner les syllabes, donner de l'importance au silence, feindre une terrible fragilité. « Arrête, Charles... » Françoise tombe dans le piège, héhé la petite mouche emmaillotée agonise. Françoise s'empresse d'enfiler son manteau, soulève la jolie boîte ronde délicatement comme s'il s'agissait d'un trésor « merci pour ton cadeau, Charles, tu ne pouvais pas me faire plus plaisir ». Quelle cruche cette Françoise, quelle incroyable cruche.

Françoise est flasque comme un fruit trop mûr, elle fera un concours avec Maman. Je vais les emmener au soleil, le temps qu'il faut pour qu'elles se décomposent.

Et à mon retour je boirai un Coca à la paille et au bout de la paille, il y aura une frange brune qui la mordille. Une frange brune avec un minois d'ange, un minois d'ange qui donne envie d'avenir.

Françoise fait bouillir l'eau des pâtes, la casserole est douteuse, l'eau est trouble.

« Un peu d'huile... », elle dit. Elle remplit trois grosses cuillères à soupe, et en ajoute encore après, à la bouteille. L'huile flotte en mollards.

« Une pincée de sel... », elle dit. Elle en met soigneusement dans le creux de sa paume, en extrait quelques grains entre son pouce et l'index, et en saupoudre parcimonieusement une fois, deux fois, trois fois, elle finit par renverser sa main d'un coup dans le bouillon.

« Moi j'aime quand il y a du goût », elle dit, en s'essuyant sur son tablier.

« Ce sera plus chaleureux qu'un restau, elle avait suggéré en sortant du collège, en plus je fais un pesto di-vin. » À deux rues, la porte de son immeuble, hall et minuterie que je connais tant. Elle parle fort, ça se répercute sur les pierres. L'ascenseur est exigu, cinq étages dans un placard lumière néon. Les seins de Françoise se pressent contre moi, je suis entouré de son parfum, je retiens ma respiration.

« Et voilà », elle s'exclame sur le palier, les deux autres portes nous observent, les voisins sont à l'affût.

« Le verrou du haut est fermé – Françoise commente –, Bruno n'est pas là. »

Bruno, que c'est vilain ce prénom, ça doit être son fils. Grand dadais au visage gras comme une motte de beurre.

Paires de baskets adolescentes crasseuses, câbles électriques emmêlés, magazines écornés, faussement ordonnés sur la moquette de l'entrée.

« Mets tes habits ou tu veux – Françoise jette son manteau sur une chaise encombrée –, fais comme chez toi », elle dit. Sur l'étagère, une photo encadrée, Françoise dans les bras d'un homme. L'homme semble apprécier.

« Je t'abandonne deux secondes, je dois appeler Bruno. »

Françoise continue de décider toujours de tout, c'est peut-être ça d'être seule, c'est peut-être ça d'être mère.

Françoise semble loin, sa voix me parvient à peine, je ne sais pas ce qu'elle raconte, elle parle forcément de moi. L'ado doit ânonner au téléphone, les ados ânonnent toujours, des aigus aux graves sans contrôle.

« Je te présente Georges, mon Cœur. » Maman s'agrippait à un type au teint irlandais et redingote à épaulettes, ça semblait être lui son cœur à présent, l'un remplaçait l'autre. « Discutez un peu je reviens. » Maman tenait à faire un « brin de toilette ». Judicieux de lancer ça devant l'Irlandais, les femmes sont machiavéliques. Il fantasmerait sacrément le pépère, sur les courbes de ma mère parcourues par le gant savonneux.

Il tirait sur son cigarillo, sa barbe drue comme des aiguilles de pin. « Alors, mon garçon, tu as des bonnes notes à l'école ? » Ses pupilles bleues filtraient à travers ses cils en balayette. Maman était réapparue pimpante indécente dans un halo de musc, « il a été gentil ? » elle avait susurré en s'asseyant sur lui. Il crapotait toujours, soufflant la fumée dans les narines de ma mère. Elle avait renversé sa tête en arrière, son cou offert aux canines irlandaises acérées.

Trois petits tours et puis s'en vont, il avait fini par reprendre ses épaulettes, ses cigarillos, sa barbe aiguilles de pin. Le « cœur » et les sanglots de Maman m'étaient de nouveau destinés. Les garçons ne font pas de place à côté de leur mère et le payent après toute leur vie. N'ânonne pas trop, mon garçon, tu pourrais le regretter.

Françoise s'engouffre dans la cuisine, farfouille dans les placards.

« Un paquet de farrrfallé », elle chantonne en roulant les « r ». même sa bonne humeur est irritante.

L'homme devait aimer ça, les « r » roulés, sa bonne humeur. Il devait aimer qu'elle ne se lave pas les mains avant de cuisiner, aimer ses cheveux ternes, ses poignets épais.

« On reste dans la cuisine, c'est plus sympa ! Hein ? On fait pas de manières d'ac ? » Françoise me refourgue ses expressions consternantes. Elle aspire une pâte presque cuite, mais « encore crue » selon elle. Basilic, bocal de pignons, chaudron d'huile d'olive, elle mixe et plonge son auriculaire, « mmmmh, une merveille, tu m'en diras des nouvelles – elle me tend le récipient –, vas-y goûte ». Il faut que je plonge mes mains dedans aussi ? Recueillir ses particules, sa salive au bout de mon doigt ?

Il y a un homme qui aimait ça, ses particules et sa salive, il goûtait directement aux lèvres de Françoise.

Des auréoles rosâtres ont séché sur la table en faux marbre, à moins qu'elle ne soit pas en faux marbre, les nervures ne sont peut-être que de la crasse, traces de vin, de fraises, de sang de viande.

« Allez c'est prêt ! » Elle pose deux assiettes dépareillées, les pâtes sont molles, le pesto liquide. Ça sent l'ail, elle n'en a pourtant pas mis.

Il y a un homme qui l'aimait avec son tablier de mémère et qui la désirait.

« Alors, Charles, il est pas divin mon pesto ? » Elle enfourne la moitié des pâtes en une bouchée. Elle continue de parler en mâchant.

Il y a un homme qui l'écoutait.

« C'est qui sur la photo ? » j'interroge. Mon ton est désagréable, un peu trop.

« Quelle photo ? » Françoise se trémousse. Ah les femmes. Quelle photo, il n'y en a qu'une en évidence sur l'étagère, et elle me demande quelle photo.

« La photo dans l'entrée », je précise. Elle joue l'idiote, je m'adapte.

« Ah oui », elle répond, comme si un souvenir ancien émergeait soudain. La moue, les yeux en coin, elle frétille, prenant ma question pour de l'intérêt, ce n'est qu'une diversion. Que les femmes minaudent mon Dieu. L'homme devait aimer ça aussi. Les hommes ne sont pas tous raffinés.

« C'est... enfin... je... – Françoise s'évertue à créer du suspens là où il n'y en a pas, que souhaite-t-elle provoquer en moi, de la jalousie ? – ça remonte à longtemps... » Nul besoin de le préciser, ma pauvre Françoise, ta peau fanée en témoigne.

« Bref! Alorrra les farrrrfallé ouna rrrégaal ? » Son accent pathétique ressurgit, madame joue le mystère, change de sujet, sous-entend des blessures enfouies. Quelle blague. L'homme devait aussi aimer ses blagues.

« Au fait, tu ne m'as jamais raconté toi, tes histoires d'amour, pourquoi tu ne t'es pas marié ? »

Je remplis ma bouche de pâtes, « elles sont délicieuses », je postillonne. Se mettre au diapason, dans une porcherie mieux vaut être un cochon.

« Tu n'as pas envie d'en parler, Charles ? » Françoise se veut délicate, mais ses gros sabots me piétinent.

Amélie bafouille que je mérite d'être heureux, Amélie se permet d'assurer grande dame que la femme qui sera à mes côtés aura beaucoup de chance. Amélie pleurniche en vidant les armoires, et en remplissant ses valises, Amélie m'embrasse une dernière fois comme dans un mauvais film, Amélie disparaît et m'abandonne exsangue.

« Pas spécialement », j'élude. Pas spécialement, ce qui signifie absolument rien, héhé je deviens virtuose.

« C'est parce que je n'ai pas répondu pour la photo c'est ça ? – Françoise écrit les dialogues, je n'ai donc rien à ajouter –, c'est mon mari, le père de Bruno, enfin… c'était… ça va bientôt faire six ans qu'il est mort. »

Françoise avale une pâte.

Je ne sais pas quoi dire.

Mes douleurs semblent dérisoires.

Françoise avale une pâte.

J'ai l'impression qu'il n'y a rien à dire.

« Et ça va maintenant ? » Je me veux délicat, mais mes gros sabots la piétinent.

« J'ai dû faire front pour mon fils, oui, ça va maintenant – Françoise ne pleure même pas, elle ne cherche même pas à ce que je la console –, il reste des glaces, tu veux une glace ? » Françoise est digne, digne au point de ne pas vouloir susciter de compassion.

Ce serait beau qu'elle m'émeuve assez pour que je lui prenne la main et que je l'embrasse au-dessus de la table.

« Oui je veux bien une glace. » Françoise se lève.

Six ans à espérer qu'un homme s'asseye dans cette cuisine pour lui préparer du pesto liquide et des pâtes trop molles. Six ans à espérer, et je suis là, moi, à la hauteur de son passé, du mari qu'elle aimait.

Un petit machin est coincé entre ma canine et ma molaire, un petit machin que ma langue n'arrive pas à déloger, ma bouche se rétrécit pour ne rien laisser paraître. Les femmes pardonnent tout, mais leur générosité a des limites.

« Choco vanille pistache. »

Je demande sans articuler où se trouvent les toilettes. À l'abri pour expulser l'intrus.

« Dans la salle de bains, ce n'est pas très pratique, mais les proprios… – je fais semblant d'écouter, concerné –, c'est juste là », elle m'y emmène.

Mes lèvres sont scellées, je ravale mon haleine.

Je sais que ses doigts tremperont dans chaque pot, qu'elle les suçotera et léchera le pourtour de ses lèvres, à défaut de mes doigts, à défaut de mes lèvres. Je sais qu'elle me montrera le salon après, la chambre de son fils, la sienne.

Le petit machin me nargue au fond de ma gorge, il est parti de lui-même, la porte à peine refermée. Les cotons se balancent dans leur sachet au bout d'une ficelle, autour du lavabo, les échantillons de crème sont au garde-à-vous, décongestionnants repulpants rajeunissants régénérants anticellulites antivergetures amincissants adoucissants cicatrisants hydratants désaltérants purifiants zone T, anti-rides miracle. Chaque parcelle de chair à sa solution.

Françoise s'enduit le matin, le soir, camoufle ce qu'elle peut encore camoufler, plisse les yeux, déplore la nouvelle carte routière qui se grave sur ses tempes. Elle se met de profil, se persuade que son double menton n'est visible que par elle, sourit de toutes ses forces pour vaincre ses joues qui s'effondrent.

Enveloppée d'une serviette-éponge, elle étale un gel frais aux essences de fruits orteils talon cheville mollet genou, elle remonte, elle remonte, en mouvement circulaire, tendre et consciencieuse. Peut-être porte-t-elle du vernis comme Heinchérie, de quelle couleur peut-il bien être ? Combien de secrets cache-t-elle dans les recoins de son corps ?

Dans la cuisine, Françoise ne m'a pas attendu pour s'immerger intégralement dans les pots de glace, elle s'excuse, mais dit que c'est « tellement tellement bon ». Pendant qu'elle se contorsionne dans ses culottes gainantes et ses bas de contention, geôlière de ses défauts, mon ventre me précède et mon crâne luit. Les femmes sont des saintes.

Françoise me regarde, un regard doux, si doux. Il est pour moi ce regard ?

« Je suis contente que tu sois là, Charles », son regard doux, si doux juste pour moi. Elle me montrera le salon après, la chambre de son fils, la sienne, elle fermera les rideaux assortis à l'abat-jour au papier peint aux taies d'oreillers, et elle m'invitera à m'asseoir au bord du lit, puis à m'allonger.

« C'est pas très grand et c'est le bazar, tu ne te formaliseras pas, hein ? Promis ?

— Promis », je réponds. Mes mots ne se tordent plus, ils s'accordent à son regard, un regard doux si doux, doux comme l'intérieur de ses cuisses.

Mon nez dans ses cheveux, je respire. Elle m'a dit « je suis cre-vée – on a traversé l'appartement, elle m'a tendu mon manteau, s'est ravisée –, à moins que tu préfères rester », elle a ajouté.

Je suis resté.

Françoise s'est lavé les dents devant moi, le dentifrice mousseux en collier de barbe, elle continuait de parler en éclaboussant le miroir. En chemise de nuit, les épaules rondes et la poitrine lourde recouvrant son ventre adipeux. « Plus à mon âge qu'il faut avoir des complexes, elle rit, je suis comme je suis, je me suis gâché la vie à vouloir être une autre, maintenant je profite. »

Françoise sent la campagne, il y a des vaches qui meuglent, l'herbe fraîchement coupée, des pommiers en fleur. Assis au bord du lit, droit et sage, je patiente, elle me déplacera à sa guise. Je serai ta marionnette Françoise, guide-moi.

Françoise bâille « je suis cre-vée », elle répète. Ça semble la surprendre elle-même.

« Tu préfères dormir dans la chambre de Bruno, ou ici, c'est comme tu veux, elle dit. Tu préfères prendre une douche maintenant ou demain matin, c'est comme tu veux. Tu préfères un tee-shirt pour dormir, un bas de pyjama, un caleçon, c'est comme tu veux », elle dit.

Les seins de Françoise se répandent de tous les côtés, elle ne cherche pas à les contenir. Elle est pieds nus sur le carrelage, les ongles brillants, un bracelet saucissonne sa cheville, ça devait être joli avant.

« Je fais un petit pipi – elle pousse la porte –, n'écoute pas », elle dit. Elle laisse couler l'eau du robinet pour masquer ses bruits. Françoise est un animal incroyable. Rien d'anguleux chez elle, rien qui puisse me heurter.

« Alors, Charles, qu'est-ce que tu décides ? » Elle se glisse sous la couette. Cette intimité ne la gêne pas, je ne la gêne pas, rien ne la gêne. Françoise sent la campagne, elle s'est démaquillée devant moi avec des lingettes pré-imbibées pour les fesses de bébé, ses rides la sillonnent, sans fard, sans leurre, sa décontraction lui sied bien. Elle tapote les coussins, les doigts vifs, ses bagues sont restées près du lavabo.

Françoise est simple, simple comme une femme qui a tout vécu et qui n'a plus peur de rien.

Droit et sage, assis au bord du lit, ma veste cache mes aisselles trempées, mes chaussures cachent les chaussettes en accordéon élimées au talon.

Je ne peux être que droit et sage, assis au bord du lit, fossilisé comme un homme qui n'a rien vécu et qui a peur de tout.

« Charles, tu es libre, si tu as changé d'avis et que tu préfères rentrer, tu rentres, y a aucun problème tu sais ! »

Sur la table de nuit, l'autre m'observe, il est là, dans chaque pièce il veille au-delà de son absence. Il se couchait là avant, il rejoignait Françoise et son entrejambe humide. Sera-t-il humide pour moi aussi ?

« Décide-toi, Charles, j'ai envie d'éteindre.

— Je ne sais pas, je réponds.

— Comme d'hab, elle s'esclaffe, un deux trois j'éteins tant pis ! » elle s'esclaffe de plus belle. Françoise est légère, légère, elle sent la campagne, la paille, les pommiers en fleur. J'ôte mes chaussures sans les délacer. À tâtons, je remonte le lit. Françoise décale un coussin.

« C'est confortable ? elle dit.

— Oui, oui c'est confortable », je réponds. C'est vrai que c'est confortable.

Françoise sent la campagne, l'herbe fraîche, les pique-niques joyeux.

« Je peux me mettre comme ça ? elle dit, ça ne te dérange pas ? » Elle soulève mon bras et s'enroule à lui.

« Non je dis non ça ne me dérange pas. »

C'est vrai que ça ne me dérange pas.

« Enlève ta veste on sera mieux. » J'ai peur de mes aisselles trempées, peur de mon odeur. J'enlève ma veste.

C'est vrai qu'on est mieux.

Ses cheveux rencontrent mon nez, sa poitrine rencontre mon torse, ses mollets tièdes rencontrent le velours de mon pantalon poché aux genoux.

Elle dit « on est bien hein ?

— Oui, je dis, oui on est bien. »

C'est vrai qu'on est bien.

« Et en plus, tu sens bon ! Mmmh. » J'entends son sourire dans le noir.

Françoise est un cadeau.

Je suis allongé en diagonale, tête dans l'oreiller, j'ai donc bougé. Chemise chiffonnée, pantalon froissé, chaussettes en boule quelque part, mais où ? Elles m'ont déserté. Ma langue est chargée, le pesto liquide n'était pas de bon augure. J'imposerai une distance.

Françoise chantonne sous la douche, les paroles s'entrecoupent d'eau qui pénètre entre ses lèvres et qu'elle recrache. Françoise n'a plus l'âge de se laisser surprendre le matin, elle est contrainte de se réveiller la première, que son visage ait le temps de dégonfler. La nuit fait des ravages.

Monsieur B. n'a jamais eu l'âge de se laisser surprendre le matin, ni le soir, ni jamais, Françoise l'a vu dormir, déglutir, rêver, ronfler, et pourtant elle chantonne, Monsieur B. ne la rebute pas, Françoise est un cadeau.

Sa fleur carnivore est restée sage, tapie dans sa culotte. « J'ai juste besoin de tendresse, Charles, Françoise a dit, c'est pas drôle d'être seule hein ? » sa joue contre mon torse, je n'ai pu qu'acquiescer, ça rend moins seul d'être d'accord.

Elle tourne le robinet, tire le rideau en plastique. Françoise lit les tubes de crème, bientôt elle étalera son gel frais aux essences de fruits orteils talon cheville mollet genou, elle remontera, remontera, en mouvement circulaire, tendre et consciencieuse. L'autre était à ma place avant, en diagonale tête dans l'oreiller, l'autre était à ma place avant quand elle chantonnait.

Partout sur elle, ses empreintes encore, elle est remplie de lui, de son manque, de son sperme. Combien de fois a-t-il éjaculé sur son ventre, dans sa bouche, combien de fois l'a-t-il prise, tournée, retournée, combien de fois l'a-t-il entendue jouir. Mes caresses seraient comparées aux siennes, la raideur de mon sexe, la cadence, l'endurance. Françoise a trop vécu pour que je puisse la désirer. Son nectar doit être amer.

Elle s'est contentée de mon épaule la veille, de mes silences, de mes angoisses. Françoise est un cadeau.

« Tu as bien dormi ? » assise à côté de moi, dans une sortie-de-bain verdâtre, Françoise frictionne ses cheveux. Il suffirait d'un geste pour qu'elle se couche de nouveau, et que son corps reçoive mes doigts.

« Oui, on dort bien chez toi », je réponds la bouche le plus loin possible. Françoise ignore ce qu'elle m'a offert. Pour elle, c'est un beau matin, moi, je lui dois ma délivrance.

« On peut prendre le petit déjeuner ensemble – je propose –, ce serait triste de partir chacun de son côté, non ? » Ma culpabilité parle, ma reconnaissance l'accompagne. Un petit déjeuner, même deux, même trois. Si ça se payait, je brandirais une liasse, mon chéquier, je lui achèterais des robes en soie, de la vaisselle byzantine, une sortie-de-bain en fibre de bambou.

« Super, dit Françoise, ce sera chouette comme ça », elle ne m'épargne pas ses expressions consternantes, coordonnées à ses chairs de vieille pêche. Pourquoi lui reprocher ce qu'elle est ? Françoise est un cadeau. Elle a semé des graines en moi, des graines de confiance, des graines de forces, des graines d'amour. La récolte sera pour une autre, une autre aux cuisses qui me réclament et au nectar sucré. Françoise a été parfaite, parfaite pour me réparer.

Dans le café en face de l'épicerie, Françoise, les paupières bouffies, racle le beurre des longues tartines de pain. « Ils en mettent toujours des tonnes, je déteste ça. » Couche de confiture de groseilles. Le tout trempé dans la tasse. « Pardon je ne t'ai pas proposé, Charles, je t'en fais une ? » Françoise est la mère que j'aurais aimé avoir, une mère gentille qui prend soin de moi. « Non non, Françoise, merci.

— Tu es sûr ?

— Oui je suis sûr merci, Françoise.

— Non parce que tu sais en deux secondes je. »

Sa gentillesse est fatigante. J'ai dit non c'est non, Françoise, le mieux est l'ennemi du bien, le plus du trop, le trop du juste ce qu'il faut, bref quelque chose dans ce genre-là. Je porte le jus d'orange faussement frais à mes lèvres, « attends attends ! – Françoise coupe mon élan –, attends on trinque… Tchin-tchin », elle dit.

Sa ringardise est un fléau.

« Je porte un toast », ses expressions consternantes reviennent à la charge, le lieu change, Françoise non. « À nous », elle conclut. Je ne réagis sans doute pas assez vite, elle s'empresse d'ajouter « et au futur ».

Ma sueur se répand, perfide. Je repose mon verre. Françoise mord dans le pain ramolli par le thé, elle se régale comme d'habitude, elle n'est pas difficile tout lui plaît.

Il faut que je sois clair il faut que je sois clair il faut que je sois clair.

« Françoise... »

Il faut que je sois clair il faut que je sois clair il faut que je sois clair.

Elle m'écoute attentive « oui ? ».

Ne pas lui faire de peine ne pas lui faire de peine ne pas lui faire de peine.

« Tu es... tu es une... une personne formidable... » Les mots se forment sans mon consentement. J'aperçois la dilatation instantanée de ses pupilles, nom de nom la voilà en émoi. « Françoise, je ne suis pas, enfin je suis...

— Allez, Charles, vas-y franco, après c'est moi qui parle », elle souffle sur sa tasse, ses yeux ne me quittent pas.

Je lui laisse la parole, elle la refuse. « Lance-toi, Charles, c'est pas sorcier ! » Françoise est tellement légère. Le sera-t-elle toujours après ?

« Françoise, tu es une femme formidable tu rendras un homme heureux il aura de la chance d'être à tes côtés beaucoup de chance. » Le discours d'Amélie vidant la penderie me donne des ailes. Un discours de femme pour s'adresser à une femme, qu'y a-t-il de plus adéquat ?

Françoise reste interloquée « oui et ?

— Et... et rien, je réponds.

— Tu fais des histoires depuis tout à l'heure pour ça ? Charles, tu n'es pas sérieux ? »

N'est-ce donc pas suffisant, que puis-je ajouter ? Je convoque Amélie dans mes abysses. Qu'a-t-elle dit de plus, elle, pour que je trouve ça sérieux ?

« Ok, Charles, t'as fini tes bêtises ? À mon tour alors ! – Françoise ne comprend rien. Sourde ou stupide, stupide ou orgueilleuse, à moins que ce ne soit les trois réunis –, moi je voudrais te remercier, Charles, énormément, cette nuit m'a fait un bien fou, être juste ensemble, tranquillement. Dans tes bras comme dans les bras d'un frère en fait, oui c'est exactement ça, un frère. Merci. »

Je ne comprends rien. Sourd ou stupide, stupide ou orgueilleux, un frère, elle a dit ? Un frère ? Pas de désir pour moi ? Pas le moindre désir pour moi ? Je n'ai été qu'un coussin, un machin moelleux qui rassure. « Je ne te plais pas ? » Mes mots s'évadent à mon insu. Françoise rapproche sa main de la mienne. « Joue pas les charmeurs, Charles, je me suis fait une raison, l'amour transi c'est pas mon truc. Tu es mon ami, et c'est déjà très très précieux… Bon, je te fais une tartine maintenant ? »

Françoise est simple, simple comme une femme qui a tout vécu et qui n'a plus peur de rien. Ses pensées ne stagnent jamais, elles sortent en file indienne, docilement, sans détour. Françoise me bouleverse. Sa phrase est une porte ouverte que je peux franchir ou non, je dispose de son cœur.

« D'accord, je dis, mais tu peux racler le beurre ? Je déteste ça aussi.

— Confiture de groseilles ? elle demande.

— Oui pareil que pour toi ! »

Françoise s'applique, ma tartine sera merveilleuse. Je la plonge dans mon café, il déborde. « C'est moi qui te remercie, Françoise, je pense vraiment que tu es formidable et que…

— Et que l'homme qui sera à mes côtés blablablabla tu radotes, Charles ! » elle rit. Françoise est la sœur que j'aurais aimé avoir, une sœur gentille qui prend soin de moi. Une sœur contre Mémé, une sœur pour être fort, une sœur pour grandir, une sœur pour me consoler d'Amélie.

C'est l'heure de mâcher bruyamment, c'est l'heure des miettes collantes qui n'en font qu'à leur tête, c'est l'heure d'agiter nos doigts poisseux, à l'affût d'un mouchoir, c'est l'heure de s'essuyer finalement sur nos pantalons.

Je deviens simple, simple comme un homme qui a envie de vivre et qui n'a presque plus peur.

Biscuits à la figue, madeleines, quatre-quarts marbrés, petits LU, tuiles aux amandes, barquettes à l'abricot, palets bretons.

Le jeune con n'a pas enlevé son blouson, ni son écharpe, il renifle à chaque inspiration, il tente sans doute de retenir son nez qui coule.

Thon à l'huile, tomate, olives, filets de sardines en marinade, maquereaux à la moutarde.

Le jeune con ne s'occupe pas de moi, il feuillette un journal près de la vitrine, peut-être que c'est le moment de demander pour Étienne.

Graine de semoule, riz sauvage quatre étoiles, blé, polenta, quinoa, boulgour.

Le jus de Gérault se met en route, mon cou gonfle comme le cou d'un crapaud. Je compte jusqu'à 10, jusqu'à 100, jusqu'à 1 000, s'il touche sa mèche, s'il tourne la page, s'il tousse, alors ce sera le bon moment. 10 100 1 000 il touche sa mèche tourne la page tousse.

Sixième fiole du jus de Gérault. Ma chemise est trop

étroite, mes poumons cherchent l'air. Je recompte jusqu'à 10 100 1 000, la prochaine fois qu'il touche sa mèche, qu'il tourne la page qu'il tousse je…

« Ça va pas, Gérault ? – le jeune con m'observe –, vous êtes malade ? »

Non oui, enfin peut-être.

Dimitri se dirige vers moi « qu'est-ce qui vous arrive, vous êtes dans un sale état ». Je cale mes fesses contre le tabouret de bar en similicuir. Je ne me sens pas si mal, mais je dois être à la hauteur de ce qu'il a cru percevoir.

« Un coup de fatigue, je murmure.

— Ça tombe bien, on ferme pour les fêtes, tout le monde part, pendant cette période, profitez-en, Gérault. » Le jeune con récupère son journal et s'éloigne vers la vitrine.

Parler d'Étienne, être un ami, un bon ami, un ami exemplaire, parler d'Étienne, être un ami, un bon ami, un ami exemplaire. « Dimitri ? » Je le rattrape au vol.

Dixième fiole du jus de Gérault. Mon cou de crapaud se remet à gonfler.

Si je balbutie, si le jeune con se moque, si je ne parle pas bien d'Étienne, si mes mots le desservent, s'il valait mieux que je me taise, le silence est d'or, il paraît, les proverbes ne mentent pas.

« Oui ? » le jeune con attend. Douzième fiole de jus de Gérault. Mon cou de crapaud est gonflé comme une baudruche.

« A… A… Agnès est… est… venue quand vous n'étiez pas là, elle… elle vous cherchait… »

Il renifle encore sans lever la tête « ouais ouais, je sais ». Il se reposte près de la vitrine.

Mon sang circule de nouveau, je reprends forme humaine. L'air ne me manque plus. J'inventerai une raison. Je me rachèterai auprès d'Étienne, je rirai à ses blagues navrantes, m'occuperai de ses enfants, de Jeannine, du poulet. Je me soumettrai à chaque indiscrétion de Bouche-fuchsia, je surveillerai les tours de poivre pour le bien-être de Monsieur Poils, je serai un ami, un bon ami, un ami exemplaire.

« Désolée, je suis hyper en retard ! » voix de jeune fille, « pas grave », voix du jeune con. Bruit de baisers mouillés. « On y va ? » voix de jeune fille, « oui, donne-moi juste une seconde », voix du jeune con.

Il lance dans ma direction « au revoir, Gérault, et reposez-vous hein ? Je vous veux en pleine forme pour réattaquer janvier ! » Le jeune con entoure l'épaule d'une fille quelconque, ils s'entremêlent sur le trottoir. Pas demain que la petite blonde partagera le Y du jeune con, la place est déjà prise. Je t'avais prévenue, petite blonde, les hommes sont dangereux, surtout pour les petites blondes aux poignets laiteux et aux veines floues.

« Dites-lui que je dors », Mémé chuchote. Mme Gros-Yeux referme la porte de la chambre derrière elle, un tantinet gênée, mais dévouée comme un chien. « Votre mère dort, Charles, il faudra repasser plus tard. » Son visage est terriblement buriné, sa permanente est ratée, ses cheveux moussent au sommet de son crâne. Depuis quand n'a-t-elle pas été entreprise par un homme ? Son corps est un grenier où plus personne ne souhaite s'aventurer, la vieillesse de Mémé déteint sur elle. Mme Gros-Yeux est condamnée à ce couloir pisseux.

Mémé ne veut pas que je m'en aille, Mémé veut que je supplie. Le temps perdu à trépigner devant sa porte lui garantira mon amour. Mémé est la princesse à sauver, Mme Gros-Yeux, le dragon à terrasser. Mémé s'est étendue sur son lit, lascive, vêtue de perles et de satin.

« Montre-moi ton amour, mon Charles », elle exigeait, « il est grand comment ? » Je grimpais alors sur une chaise, sur la table, j'étirais ma colonne vertébrale à l'infini, déroulais ma nuque vers le ciel, « c'est tout ? » elle demandait au bord des larmes. J'aurais escaladé le toit pour qu'elle ne pleure pas.

Sur le portemanteau, le gilet en laine raidie de crasse me salue, emporte-moi, il supplie. Il s'est senti utile quelquefois, et puis on l'a pendu là, parce que sa laine grattait un peu. C'est Mémé qui devrait être à sa place, les pieds dans le vide, et la langue bleue.

Mme Gros-Yeux me pousse vers la sortie, elle attend que je m'oppose, cette partition a été interprétée tellement de fois. Je ne m'oppose pas, je me laisse conduire sans résistance. « Elle est très malade, votre maman, il faut être délicat avec elle. » Mémé crachote toussote, je l'entends jubiler. Elle tient mes testicules en étau entre ses paumes. Rends-les-moi ! j'ai envie de hurler à la vieille. Mme Gros-Yeux fait fi de mon silence et articule ses répliques, comme si j'avais prononcé les miennes. « Vous devriez vous excuser, Charles, et l'emmener en vacances, ce sera peut-être ses dernières vacances, vous savez, elle n'est pas éternelle, votre maman. » Mme Gros-Yeux s'arrête de marcher, elle me retient par la manche, je suis déjà sur le palier. Un grain de sable à enrayer le scénario habituel, Mme Gros-Yeux s'inquiète, Mémé a écrit une trame, il faut la respecter, que dira-t-elle à Mémé, elle qui déteste tant les surprises. La main sur la rampe, je m'apprête à descendre.

« Ne faites pas l'enfant, Charles. » Mme Gros-Yeux est paniquée, elle parle le plus bas possible. J'entends Mémé au loin qui crachote toussote toujours, elle prête l'oreille au maximum, elle ne jubile plus. La frustration l'étreint, elle n'est pas assise aux premières loges, sa mise en scène lui échappe. Dommage, la vieille, prise à ton propre piège, c'est pas beau de saccager son fils, on ne te l'a jamais appris ? Je ne ramperai plus, Mémé, le Gérault renvoyé la queue basse, c'est fini. Charles Gérault a la queue haute maintenant, dure, dressée, une queue conquérante, Mémé, une queue qui va servir, je peux te l'assurer ! Pardon, Mémé, mais je ne t'emmènerai pas à la mer, ni au soleil, ni ailleurs, ma fiancée n'avait aucun empêchement, c'est juste qu'elle n'existait pas, et si elle avait existé, je l'aurais tenue à distance. Il n'y aura plus de salon de thé, de dimanches interminables, et de scènes tragiques, Mémé, il n'y aura plus de fleurs qui pourrissent dans ton évier, parce que je ne t'offrirai plus de fleurs. Je ne suis responsable ni de ta vie gâchée, ni de tes échecs, ni de tes chagrins, Mémé, tu ne serais jamais devenue une grande comédienne, Jean Gabin ne t'aurait jamais épousée, et tu n'aurais jamais éclipsé Marlene Dietrich, ma naissance n'est qu'une excuse. Mémé, le seul rôle qu'on t'ait donné c'était d'être ma mère, et même ça, tu n'as pas su le jouer. « Vous pouvez lui transmettre un message à son réveil ? » Mes pensées ne stagnent plus, elles sortent en file indienne, docilement, sans détour. Mme Gros-Yeux ronge sa lèvre inférieure.

« Souhaitez-lui un joyeux Noël, Marie-Ange, j'enverrai un panier garni, des cotillons et une boîte de pralines. Dites-lui que je reprends mon cœur, mes testicules et tout ce qui va avec. » Mme Gros-Yeux reste interdite. Ne pas la regarder, ne pas s'excuser, ne pas regretter. Descendre les marches une à une comme un robot sans se retourner, troisième étage, ne pas la regarder, ne pas s'excuser, ne pas regretter, deuxième étage, descendre les marches une à une comme un robot, sans se retourner, premier étage.

« Il est où, mais il est où ? » Mémé rejoint Mme Gros-Yeux sur le palier, « il est où, il est où », elle répète. Mme Gros-Yeux l'oblige à rentrer avant qu'elle n'attrape froid « il va revenir – elle ment –, je vous prépare une tisane, il va revenir, Madame Gérault, on va regarder un film, votre film préféré d'accord, avec une tisane bien chaude ». Mémé sanglote. J'étire ma colonne vertébrale, deuxième étage, je déroule ma nuque, troisième étage.

« Méchant, méchant comme son père », elle crie.

Partir à la mer, au soleil ou ailleurs. Manger des huîtres, boire du vin blanc, discuter des heures avec Étienne, Jeannine et Françoise. Partir à la mer au soleil ailleurs, faire des pâtés de sable avec Taches-de-rousseur et ses chaussettes Oui-Oui.

Dans la rue c'est l'hiver, un hiver lumineux. Il y a une odeur de fête, partout, partout.

Les guirlandes scintillent pour moi, les pères Noël miniatures me font des révérences. J'étire ma colonne vertébrale à l'infini, déroule ma nuque pour voir le ciel, juste voir le ciel. Je n'escaladerai plus les toits.

« Maman, il se réveille quand le monsieur ? »

Je sens un regard insistant posé sur moi, mon front contre la vitre froide.

« Chuuuut, fais tes coloriages sans bruit, mon ange. »

Le train ronronne, les paysages se succèdent, et les saisons aussi.

J'entrouvre les yeux à peine à peine. Une petite fille gribouille, à côté de moi, elle recouvre de couleur une silhouette d'épouvantail.

C'est une petite fille comme ça que je voudrais.

La petite est tellement petite que sa mère l'a assise sur un tas de manteaux pour qu'elle arrive à hauteur de la tablette.

En face, une femme sculptée dans une robe, comme une deuxième peau. Une robe-couleuvre. Elle a un feutre rouge dans la main, elle aide à colorier les fruits de l'arbre derrière l'épouvantail.

C'est une femme comme ça que je voudrais.

La petite fille remue, chantonne, raconte l'école, Adrien, Suzanne, et Johanna, elle pose des questions et pourquoi et pourquoi, sans jamais se satisfaire des réponses. J'ouvre plus franchement les yeux, et bouge un peu.

« Ça y est, il dort plus, maman. » Son sourire à trous est adorable. La mère gronde tendrement « laisse le monsieur tranquille ».

Si quelqu'un entrait dans le wagon, il verrait une famille.

Je ne veux pas qu'elle me laisse tranquille, je veux qu'elle me parle encore encore.

« C'est beau ce que tu dessines. » Je ne trouve que ça à dire, c'est déjà pas si mal.

La petite est très fière. « Tu t'appelles comment ? elle demande.

— Charles, et toi ?

— Moi j'm'appelle Zoé, j'ai… » Elle articule quatre de ses minuscules petits doigts.

« Quatre ans ? – je reprends –, et tu colories de cette façon ? Je suis impressionné ! »

Si quelqu'un entrait dans le wagon, il verrait une famille.

Derrière l'épouvantail, les fruits sont rouges à présent, Robe-couleuvre nous contemple. Son cou est élégant, ses mâchoires volontaires et sa douceur partout.

C'est une famille comme ça que je voudrais.

Les paysages se succèdent, et les saisons aussi.

Le train ronronne, deux heures c'est long, il dit. Deux heures c'est le début d'une vie.

Composition Entrelignes (64).
Achevé d'imprimer
sur Roto-Page
par l'Imprimerie Floch
à Mayenne, le 19 mai 2014.
Dépôt légal : mai 2014.
Numéro d'imprimeur : 86937.

ISBN 978-2-7152-3382-9 / Imprimé en France.

249623